「すみません、自意識過剰な想像をしてしまって……」
　倫太朗は笑って、律の手を押さえていた手を頬に移動させてきた。
「自意識過剰なんかじゃないよ。きみの想像通りのことを、したいと思ってる」
　慈しむように頬に触れ、親指の先で律の唇をなぞってくる。

CONTENTS

甘くて切ない

1

横室律《よこむろりつ》は、仕事が好きだ。

職場は地方都市の郊外に広大な敷地を構えるショッピングモール内のメガネチェーン店、『MEGANEYA《メガネ屋》』。高卒で入社して今年で四年目。このショッピングモール内の店舗に配属されてから、ちょうど一年になる。

以前は路面店舗勤務だったが、活気あふれるショッピングモールで働くようになってからは、毎日がより楽しい。

「いかがですか。違和感などありましたら、遠慮なくおっしゃってくださいね」

フィッティングの具合を訊ねると、年配の女性客は鏡を覗き込んで満足そうに微笑んだ。

「とてもいいわ。まさかこんな明るいフレームが自分に似合うなんて、思いもしなかった」

「お客様のようなグレイヘアのおきれいな方は、こういうクリアな発色がとても映《は》えます」

「まあ、お上手ね。なんだかホストの男の子にもてなされているみたい」

冗談口調で言いながらも、女性客は嬉しそうだった。

「申し訳ありません、うちの制服はちょっと水っぽいとよく言われます」

白のワイシャツに、黒に近い灰緑《かいりょくしょく》色のスラックスとネクタイという制服は、ホストとか、全員着用のメガネとあいまって執事喫茶とか、いろいろと言われる。

「正直、こういうお店って若い人たちが利用するところだと思っていて入りづらかったけど、こんなおばあちゃんにも親切にしてくださって、ありがたいわ」

「こちらこそ、私のような若造にメガネ選びのお手伝いをさせていただき、ありがとうございます」

会計のために杖をついて待合スペースのソファから立ち上がろうとする女性客に、律は「そのままお待ちください」と笑顔で伝え、包装と会計をすませた。店の出口まで付き添い、ショップバッグを手渡して、頭を下げる。

「ありがとうございました。なにかございましたら、いつでも調整いたしますので、お気軽にお立ち寄りください」

女性客は「ありがとう」と笑顔を返してくれて、平日の比較的すいたモール内をゆっくりと遠ざかっていった。

仕事は楽しい。時には理不尽な客もいるし、へまをやらかして落ち込むこともあるが、概してとても楽しい。

仕事だからこちらが礼を言うのはあたりまえだが、客からも感謝されることが多くて、そのたびに喜びとやりがいを感じる。

「横室くんは若いお客様にも人気だけど、ご年配の方にも好かれるわね」

店長の八代裕子《やしろゆうこ》がそっと声をかけてきた。制服は男女同じもので、ショートヘアをオールバックに撫でつけた八代は宝塚《たからづか》の男役のようなかっこよさがある。

「ありがとうございます」

「その人畜無害な感じがいいのかしら」

「それ褒《ほ》めてます？　貶《けな》してます？」

苦笑いで返しながら、確かにその通りだと思う。

目の前の姿見に映った律は、スタイリッシュな制服とメガネのおかげで、雰囲気イケメンに見えなくもないが、すれ違って三歩あるけばもう思い出せないような平凡な顔立ちをしている。とりたてて主張のない控えめな目と鼻と口。きわめて平均的な身長とやや細身の体形。強いてチャームポイントを探すとしたら、常に笑顔でいることくらいだろうか。

「今日はお客様少ないから、横室くん、早めにお昼休憩入っちゃって」

「了解です」

律はバックヤードで制服の上にパーカを羽織って、保冷トートバッグを持って店を出た。ランチの前にまず、書店に立ち寄る。読書が趣味の律だが、そう多くない給料から母親に仕送りをしていることもあり、自由になる小遣いはあまりない。普段は図書館で借りて読むのだが、大好きな数人の作家の新刊だけは、書店で手に入れるのを楽しみにしている。

今週は、律のいちばんのお気に入り、西倫太朗《にしりんたろう》の『八乙女町《やおとめちょう》の人々』の三巻が発売になっているはずだ。

西倫太朗は、現在は都内在住だが、元々はこのあたりの出身らしく、律がこのシリーズに興味を持ったのも、ショッピングモールに転勤が決まってからだった。

『八乙女町の人々』はそのタイトル通り、とある町、八乙女町で暮らす人々の日常をオムニバス形式で綴《つづ》った連作だ。ジャンル分けするなら人情コメディなのだろうが、お涙ちょうだいな暑苦しいドラマではなく、洒脱で清涼ななんとも読み心地のいい小説だった。

弾む足取りで書店に立ち寄った律は、まっすぐに単行本の新刊コーナーに向かったが、目当ての本が見当たらなかった。店内の検索機で調べると、在庫なしになっている。

やはり地元出身というだけあって、売れ行きがいいのだろう。出遅れたことを後悔しながら、律はフードコートへと向かった。

半分ほど空席があるフードコートを突っ切って、喫煙室の横の扉からテラスに出た。平日のテラス席はほぼ無人なため、従業員の飲食が許可されている。

テーブルにトートバッグをおろし、スマホを取り出して、書籍の通販サイトを開いた。

発売直後にもかかわらず、『八乙女町の人々』の三巻には百件近いレビューがついていた。ネタバレを知りたくないので、未読本のレビューは見ないようにしているが、高評価の中に一件だけ☆ひとつの評価があるのが目について、ついそのレビューを読んでしまった。

『西先生の芳川《よしかわ》賞受賞作『帰らざる午後』の大ファンでしたが、最近はすっかり方向性が変わってしまいましたね。金にならない純文学には見切りをつけて、安易にメジャー方向に舵を切られたということでしょうか。こちらのラノベもどきのシリーズは未読ですが、先生に書くべきものを思い出していただきたいという叱咤激励の気持ちをこめて、☆ひとつとさせていただきます』

未読なのにその低評価は、私怨レベルという気がするが、人の感じ方はまちまちだ。

『八乙女町の人々』で西倫太朗のファンになった律は、遡《さかのぼ》って『帰らざる午後』を読んだ。文壇の登竜門と言われる芳川賞受賞作だけあって、素晴らしい作品で、涙が止まらなかったが、正直、再読できずにいる。父親の死を描いたその作品は、人の心の掘り下げがとてもリアルで、そこが魅力的である半面、真に迫りすぎて、読み返すのがつらかった。趣味嗜好というのは本当に人それぞれだなと思う。

律は本の注文をすませると、木製のテーブルの上に弁当を広げた。

新生姜《しんしょうが》の炊き込みご飯に、甘い卵焼き。ズッキーニの肉巻き。花焼売《はなシュウマイ》。ひじきの五目煮。

ごはんの片隅にのせた梅干しに至るまで、すべて律の手作りだった。

一人暮らしを始めた当初は、料理どころか炊飯器でご飯を炊くことさえできなかった。これではいけないと、ネットで簡単な作り置き料理を紹介している主婦のサイトを見つけて練習を重ね、今では週末に一週間分の弁当のおかずを作り置きすることが趣味のひとつになっている。

おかずだけではなく、弁当箱を包んでいる麻のクロスも、貰い物のマルチカバーをカットして作った手作りだし、さらにいつも使っている革の財布も、キットを買って自分で縫った。ある意味、手作りマニアといってもいい生活を、律はしている。

食べ慣れた味の弁当を完食すると、またクロスに包んで、席を立つ。

読書に料理に手仕事。趣味は多い方だし、仕事は充実している。なんて幸せなんだろうと自分自身に言い聞かせるようにしながら、ＡＴＭコーナーに立ち寄る。

給料の入金を確認して、五万円を母の口座に送金する。

『月にたった五万じゃ、このボロ部屋の修理もできないわ』

以前、母に不満げに言われたことがある。文句があるならもう送らないと憤慨する度胸もないし、これ以上送金額を増やすようなゆとりもなく、『ごめんなさい』と詫《わ》びながら、同じ額を送り続けている。産んで育ててくれた恩を返さなくてはいけないのに、こんな少額では、親孝行にもならないのだろう。

律はカードを財布にしまい、職場へと足を向けた。

仕送りをしても母は感謝すらしてくれないが、店の客は律のサービスに金を払い、そのうえ礼を言ってくれる。

仕事は楽しい。

学生は気楽でいいなどとよく言うけれど、律は社会人になってからの方がずっと気楽で楽しい。

自分はとても幸せなのだと再度言い聞かせながら、午後の仕事に戻った。

2

ある出会いがあったのは、その二日後の雨の土曜日だった。

週末のショッピングモールはただでさえ混雑するが、雨の日は余計に客が多い。屋外のレジャーを諦《あきら》めた人々が、一日を屋内で過ごせるモールに集まってくる。

『MEGANEYA《メガネ屋》』も朝からずっと混雑が続き、一息つく暇もなかった。

夕刻、担当した女性客を律《りつ》が店の前で見送っていると、こちらに向かって速足で歩いてきた若い男が、律に声をかけてきた。

すらりと長身の、姿のいい男だ。穏やかだが男性的にきりりと整ったその顔立ちに、なんとなく見覚えがあるような気がする。モール内のスタッフがメガネを作りに来ることもよくあるので、どこかのショップの店員かもしれない。

「すみません、こちらのお店なら三十分ほどでメガネを作れるって聞いたんですけど」

そう言いながら、眼科の処方箋《しょほうせん》を取り出す。

「これ、以前のものなんだけど、視力を測る時間を短縮できるかと思って。あ、そもそも処方箋は使えますか？」

律は処方箋を受け取り、恐縮しながら混雑した店内を目顔で示した。

「処方箋でのお作りは可能なのですが、本日、大変多くのお客様にご来店いただいておりまして、ただいま二時間ほどお待ちいただいております」

「そうか」

男は残念そうに眉尻を下げ、ジャケットの胸ポケットから薄青いフレームのメガネを取り出した。片方のレンズに亀裂が入っている。

「出掛けにメガネを壊してしまったんです。普段はあまりかけないけど、これから車で遠出する急用が入って。雨の夜間の運転は、どうも裸眼だと見づらくて」

「わかります」

運転免許証にメガネの条件がなくても、夜間は見づらいという客は多い。律も普段は裸眼でも過ごせる視力だが、左右の視力のアンバランスと強めの乱視のせいで、雨の夜はやはりメガネがないと心もとない。

「こちらのお店でも無理なようなら、仕方ない。極力安全運転を心がけます」

「ちょっとよろしいですか？」

男が律の手から引き取ろうとした処方箋を覗き込む。偶然にも、律と男の度数はほぼ同じだった。

律は咄嗟《とっさ》に自分のメガネを外し、クロスで丁寧に拭《ふ》き清めて、男に差し出した。

「かけてみてください」

「……これを？」

男は戸惑いながらも律のメガネをかけ、目を丸くした。

「ぴったりだ」

「こんな偶然ってあるんですね。お役に立てそうでよかったです。少々お待ちいただけますか」

律は耳掛けを微調整し、パッドを新品と交換して、メガネを男に渡した。

「間に合わせで申し訳ありませんが、よかったら使ってください」

男は驚いた顔になる。

「でも、きみが困るでしょう？」

「明るい店内でしたら、裸眼の視力で充分ですので」

男は何か言おうとしたものの、店内の混雑に目を向けて苦笑いした。

「ここで遠慮の押し問答をしていると、却《かえ》って仕事に迷惑をかけそうですね」

「お客様も、お時間大丈夫ですか？」

男は腕時計に視線を落とし、一瞬の逡巡のあと、律のメガネをかけた。律の柔和な顔立ちに合わせたオーバル型のフレームは、きりりと鋭角的な客の顔立ちには少しパンチが弱かったが、男は感謝の表情になって、律の手を握りしめてきた。

「お言葉に甘えて、お借りします。ありがとう！」

「夜間の運転、お気をつけて」

会釈で男を送り出し、律は足早にバックヤードに向かった。メガネは制服の一部で、接客のときには視力を問わず着用が義務付けられている。予備の古いメガネをかけて店内に戻ろうとすると、怖い顔をした八代《やしろ》が立っていた。

「見てたわよ。サービス過剰」

「すみません」

「お名前と連絡先は控えたの？」

「いえ、お急ぎのご様子だったので」

「あのまま持ち逃げされるかもしれないわよ？」

「私物ですので、お店に迷惑はかけません。それに、そんなタイプの方には見えませんでした」

我ながら甘いことを言っているという自覚はあったが、八代はため息をついたあと、いたずらっぽい笑みを浮かべた。

「そうね。お金には困ってなさそうだったわ。見た？　あの高級時計ブランドの限定ウォッチ」

「限定まではわかりませんでしたけど」

「逆に、困ってなさすぎて、うちの顧客にもなっていただけそうにないけど」

確かに、男のメガネは廉価店のものではなかった。短時間で間に合わせのものを、『MEGANEYA』に来ただけで、新しいメガネはなじみの店で誂《あつら》えるのだろう。

「でもまあ、あなたらしい、いい機転だったわ。ちなみに、うちの会社のモットーはなんだっけ？」

「『お客様の笑顔のために』です」

「そう。ややサービスの域を逸脱してはいるけれど、あなたのそういう接客にリピーターが多いのは事実だし、そこは認めるわ」

八代はポンと律の背を叩き、フロアへと促す。

「ほかのお客様にも、最高のサービスをよろしくね」

「はい！」

律はフロアに戻って、再び丁寧で誠実な接客に努めた。

誰かの役に立ちたいという想いが、律は多分、人一倍強い。

エールをこめて背を押してくれた八代の手の感触と、先ほどの男性客が感謝をこめて握ってくれた手のあたたかさは、律の心をふんわりと包んだ。

週明けの月曜日の午後、律は遅番の昼休憩で、いつものようにフードコートのテラス席の片隅で弁当を広げていた。

今日のお弁当は、梅干しおにぎりひとつと、唐揚げ、極太のきんぴらごぼうに、卵焼き。おにぎりひとつでは足りないかと、週末に焼いたクッキーも持ってきたが、とてもそこまで手が回りそうにない。

行儀が悪いと思いつつ、律はながら読書に没頭していた。

『八乙女町《やおとめちょう》の人々』の三巻が昨夜手元に届いた。一気読みしたかったが、寝不足で仕事に影響が出てはいけないと、理性を総動員して途中で本を閉じ、続きは今日のランチタイムの楽しみにしていた。そのため、弁当は汁がこぼれなくて片手でつまみやすい、ながら食べに適したラインナップにした。

夢中でページをめくっていたら、ふと手元に影が差した。

顔をあげると、両手にカフェのテイクアウトカップを持った男が立っていた。先日、律がメガネを貸した男性客だ。

「こんにちは。この間はありがとう」

「いえ」

律は驚いて思わず席から立ち上がった。

店内からは見えないこんな場所で、偶然会うなどということがあるのだろうか。

律の驚きを悟ったように、男はふっと微笑んだ。クールで男性的な面差しが、笑うとふわりと和らぐ。

「メガネを返しにお店に行ったら、きみが見当たらなかったから、お店の人にきみの特徴を伝えたんだ。すぐにわかってくれて、横室《よこむろ》は昼休憩中で、多分三階のテラスにいますって教えてくれた」

すぐにわかるような自分の特徴とはなんだろうと考えていると、男は再び律の心を読んだように言った。

「コノハズクみたいなこげ茶の髪の、たおやかな美青年って言ったら、すぐに通じたよ」

律は顔が熱くなるのを感じた。くせのある猫毛をそんなふうに表現されたのは初めてだし、ましてや、たおやかな美青年などという表現は自分からかけ離れすぎていていたたまれない。

なんと返していいかわからず「恐縮です」と口の中でもごもご呟く。

「カフェラテのアイスとホット、どっちがいいかな?」

男は手にしたカップを、かざしてみせる。

「あの……」

「遠慮なく好みを言ってくれるとありがたい」

「それではホットを」

「どうぞ」

律の前にカップを置き、ポケットからスティックシュガーも取り出して、傍《かたわ》らに置いてくれた。

「ありがとうございます」

「座ってもいい？」

「もちろんです！　すみません、お行儀悪くて」

ながら食べをしていたことを決まり悪く思いつつ、読みさしの本を閉じる。

「この本が、あまりにも面白かったもので」

本の表紙を見て、男はくすぐったいような笑みを浮かべた。

「ありがとう」

「え？」

「それ、僕が書いたんだ」

さらりと言われて、律はあははと笑った。洒脱な見かけにそぐわず、ベタな冗談を言う人だと思った。だが笑いながら、頭の中で記憶のベールがふわっとめくれる。

初対面のとき、見覚えのある顔だと思った。このモールのスタッフだと勝手に結論付けたが、まさか、もしかして……？

西倫太朗《にしりんたろう》は、滅多にメディアに顔出ししないけれど、芳川賞《よしかわ》受賞会見のときの写真を、ネットで見たことがある。

髪は写真より短くなっているが、確かにこの顔だった気がする。

律は真顔に戻り、椅子の上で固まった。

こんなことがあっていいのだろうか。

驚きすぎると、人はむしろ無反応になるらしい。数秒後には、その反動のように口が勝手に動いていた。

「あ……あの、三巻、ずっと楽しみにしてたんですけど、発売日に書店に寄ったら、もう売り切れてて、ネットで注文したのが昨日届いて、昼休憩に続きを読むのが楽しみすぎて、今日は弁当も、ながら読書用に、手で食べられるものに……って、すみません、俺、なに言ってるんだろう」

律のとりとめのない話をにこやかに聞いてくれているこの人が西倫太朗だなんて、信じられなくて、実感が湧かない。

「お弁当、自分で作ったの？」

相手は相手で、ずれたところに反応してくる。

「……はい」

「すごいね。僕は料理が不得意だから、そんなおいしそうなお弁当が作れるなんて、羨《うらや》ましいよ。ああ、食事の邪魔をしてごめんね。どうぞ食べて」

そう言って倫太朗は、とても料理が不得意には見えない長くて器用そうな指で、自分のアイスラテにガムシロップを垂らしてストローでかき混ぜる。

まさかの相手を前に、食事などとても喉を通らない。律は弁当箱を脇によけ、倫太朗にもらったカフェラテを恐縮しながら口に運んだ。

「改めて、この間はありがとう。おかげで助かったよ」

倫太朗は紙袋を律の前にそっと置いた。

「お役に立ててよかったです」

メガネを入れるにはずいぶん大きな袋だと思いながら覗き込むと、クリスタルケースに入った律のメガネが、高級パーラーの焼き菓子の箱の上に鎮座している。

「よかったら、お店の皆さんと食べて」

「こんなお心遣いをいただいて、却って申し訳ないです」

律は恐縮して頭を下げた。

「お礼を言うのはこっちだよ。本当に助かった。僕の本を読んでくれていると知ってたら、もっと気の利《き》いたお礼を持ってきたんだけど」

そう言われて、律は手元の本に視線を落とし、ドキドキしながら、口を開いた。

「あの、もし可能ならサインを……」

ファンとしての願望が思わず溢れ出したものの、すぐに我に返る。著名人の来店の際、情報をSNSにあげたりしてはいけないのはもちろん、サインや写真撮影を求めてはいけないことは社内規定に明記されている。接客業としては当然の倫理だ。

「サイン？　喜んで」

「いえ、すみません！　お客様に大変失礼なことを申し上げました」

「僕は客じゃないし、きみだって今は休憩中でしょう？」

言われてみればそうかもしれない。借りたものを返しに来ただけで、顧客になるつもりがないならば、これは単なるプライベートの会話ということになる。

律の一瞬の心の揺れを見澄ましたように、倫太朗は鞄《かばん》からペンを取り出し、律の手元の本を引き寄せた。

「横室くん、下の名前は？」

「あ……律です。ぎょうにんべんの」

「旋律の律か。きれいな名前だね」

律のフルネームに、『心からの感謝をこめて』という一文を添えて、流麗なサインを入れてくれる。

「どうぞ」

「ありがとうございます」

律は感激でドキドキしながら、本を抱きしめた。

「すっかり昼休憩の邪魔をしちゃってごめんね。食事、続けて」

「いえ、もう胸がいっぱいで」

律がほぼ手つかずの弁当に蓋《ふた》をしてクロスで包もうとすると、倫太朗が意味ありげな表情で顔を寄せてきた。作家というには整いすぎた男の顔に、見惚れそうになる。

「ちょっと厚かましいお願いをしてもいいかな」

「なんでしょう?」

「もう食べないなら、そのお弁当、もらってもいい?」

「え?」

「そういう家庭的でおいしそうなお弁当、久しく食べてなくて」

スタイリッシュなイケメン作家の、予想外の要望に律は動揺する。

「でも、こんな食べかけを差し上げるのは……」

「食べかけっていっても、ほとんど食べてなかったでしょう？　そうだ、僕のランチと交換しよう」

そう言って倫太朗が鞄のポケットから取り出したのは、プロテイン入りのシリアルバーだった。

「……ランチ？」

「うん。仕事の合間や出先で、簡単に栄養補給できて便利なんだけど、最近この味にも飽きてきた」

正直、栄養バランスだけなら、今日の律の弁当よりもシリアルバーの方が上だと思う。だが、常時それではさすがに味気ないだろう。

「こんなもので本当にいいんでしょうか」

戸惑いながらも、律は弁当箱を差し出した。

「いただきます」

倫太朗はためらいもなく律のフォークを使って、卵焼きを口に運んだ。

「ん、おいしい！」

「甘いの、大丈夫ですか？」

「卵焼きは、断然甘い派。この太めのきんぴらもすごくおいしい」

倫太朗が本当においしそうな顔で食べるので、律は今まで味わったことのない不思議な気持ちになった。料理はもっぱら自分のためで、誰かに食べさせることを目的に作ったことはない。

自分が作ったものを、こんなふうにおいしいと言ってもらえるのは、想像以上に多幸感を得られることだと初めて知る。

「おにぎりもいい？」

「どうぞ。あ、でも、具の梅干しが、ちょっと酸《す》っぱいかも」

きれいな歯並みでおにぎりを半分ほどがぶりと食べた倫太朗は、一瞬酸っぱい顔になり、それから満面の笑みを浮かべた。

「うまい！　これ、祖母の家で食べた味」

「梅干しはまだまだ初心者なんですけど」

律が照れながら言うと、倫太朗は一瞬動きを止めた。

「まさか、梅干しまで手作り？」

「地味な趣味でお恥ずかしいです」

「すごいなぁ。横室くんのおふくろの味？　きっと素敵なご家庭で育ったんだね」

さらっとそう言われて、返す言葉を失う。固まっていると、倫太朗が怪訝《けげん》そうに律を見つめてきた。

不自然な間をごまかすように、律はジッパーバッグに入ったクッキーを差し出した。

「よかったら、これもどうぞ」

「もしかして、これもお手製？」

「高級なお店のお菓子を頂戴したのに、こんなものを差し上げるなんて恥ずかしいですけど」

「いや、すごく嬉しい。ありがとう」

倫太朗は笑顔で受け取り、腕時計に視線を落とした。

「お昼休み、何時まで？」

律も時計に目を落とす。

「そろそろ店に戻ります」

すると倫太朗は、クッキーの袋を鞄にしまった。

「じゃあ、同伴させて」

「同伴？」

「今日は、新しいメガネを作りに来たんだ」

「え？」

思わず焦った声を出してしまった律に、倫太朗が気遣わしげな顔になる。

「もしかして迷惑かな？」

「とんでもないです！　大変光栄です！　ただ、あの、うちでメガネをお作りいただけるとは思っていなかったので。お客様から役得で私的にサインをいただいてしまったことに職業倫理上、気が咎《とが》めて……」

倫太朗は噴き出した。真顔はクールなイケメンだが、笑うたびに柔和で人懐《ひとなつ》こい表情になる。

「商売っけがないなぁ。恩を売って客の心を摑むあざとさがひとかけらもないなんて、きみは天使の生まれ変わり？」

「そんな……」

商売っけなどというレベルではなく、自分は相当あざといという自覚はある。

「横室くんは真面目だね。じゃあ、僕たちは友達ってことにしよう」

倫太朗の突拍子もない提案に、律は眉を寄せ首をかしげる。

「友達とランチをしたついでに、メガネを作ることにした。この設定なら、職業倫理の問題もクリアできるでしょう？」

設定ってなんだ。

作家というのは、突拍子もないことを思いつくものだ。律の特徴をコノハズクだとか、たおやかだとかたとえた表現からして、常人離れしている。

戸惑う律の前に、倫太朗はスマホを差し出してきた。

「友達なのに連絡先も知らないのはおかしいよね。よかったらID交換しよう」

西倫太朗とプライベートで連絡先の交換？　こんなことがあっていいのだろうか？

律のためらいに、倫太朗は苦笑いを浮かべる。

「ごめん、厚かましすぎたかな」

「まさか。ただただ驚いています」

好きな著名人と親しくなりたいというような願望を抱いたことは一度もない。著名人に限らず、そもそも律は仕事以外であまり人と親密につきあうタイプではなかった。

雲の上の存在である西倫太朗と連絡先を交換するなど空恐ろしくて、嬉しいよりも腰が引けた。だが、せっかくの提案にあまり戸惑っているのも失礼な気がして、律はおずおずとラインの交換に応じ、倫太朗とともに店に戻った。

倫太朗は、PC用やUVカットなどオプション違いのものを三点購入してくれた。『MEGANEYA』は個人ノルマはないが、店単位のノルマはあるので、複数買いしてくれる客はありがたい。

先日と打って変わって今日は客が少なく、三本とも当日渡しで仕上げられそうだった。

待ち時間に、世間話がてら聞いたところによると、倫太朗は三か月ほど前に、仕事場を都内からこちらに移したのだという。

「大学進学を機に上京して、帰省も盆暮れくらいだったから、十年ぶりにUターンしてきたら、いろいろと街の様子が変わっていて驚いたよ。こんな大きなモールができていたり、商店街のお気に入りの店が姿を消していたり」

「どんなお店ですか？」

「安井《やすい》商店っていう、団子とかき氷のお店」

聞き覚えのある店名だった。律は記憶を探った。

「駅の南側に、同じ名前のお店がありますけど、移転したんでしょうか」

「本当？　ふわふわのかき氷が名物なんだけど」

「じゃあ、多分そうです。綿雪みたいにふわふわで、チョコレートとか、きな粉に黒蜜とか、珍しいトッピングがあるお店」

「そうそう！　なんだ、移転しただけだったのか。教えてもらえて助かったよ。今度あいつを連れていってやろう」

独り言のように呟かれた最後のひとことが、耳に残る。「あいつ」とは誰だろう。彼女かな？

この素敵な人に、日々こんな笑顔を向けてもらえて、料理を作れば褒《ほ》めてもらえるとは、とても幸せなお相手だなと思う。

羨ましいなどという感情は抱かない。大事にされる人は、大事にされるだけの徳を積んでいる人なのだ。

思いがけず大好きな作家と直接話す機会を得て、サインをもらい、メガネを誂える手伝いをさせてもらえたことに、律は律で望外の幸せをもらった。

倫太朗にもらった焼き菓子を、閉店後にスタッフと一緒にご馳走になったが、上質な材料をふんだんに使ったサクサクのお菓子は、とてもおいしかった。

母親から電話がかかってきたのは、幸せな一日の余韻に浸りながら、眠りにつく寸前だった。

スマホが振動し、母親の名前がディスプレイに表示されると、律はいつも言いようのないどんよりとした気持ちになる。そして、そういう自分に罪悪感を覚える。生んで育ててくれた人に対して、そんな感情を抱くなんて、最低の人間だと思う。

その罪悪感が、寝たふりや気付かなかったふりをしたいというずるい自分を責めたて、結局は通話に応じる。

「もしもし」

『律？　もしかして寝てた？』

問いかける言葉からして、電話をするには遅すぎる時間だという自覚はあるようだが、それを申し訳なく思っているニュアンスは微塵《みじん》もない。逆に、すぐに出なかったことを責められているようで、律はつい「ごめん」と謝ってしまう。

『こっちもこんな時間に電話するのは面倒なんだけど、あなた仕事中はいつも留守電になってるから』

律はまた「ごめん」と謝った。仕事中に私用の電話にいちいち応じられないのは当然のことだと思うが、常にこんな調子で、言外に責めたてられる。

母親は、いつものように、一方的にしゃべりだした。五十を過ぎてから、身体のあちこちが痛くてつらい。なんとかの数値が高い、低い。どこの病院に行ってもやぶ医者ばかりでちっとも良くならない。

だからパートの立ち仕事もしんどい。パート先の小娘は気が利かない子ばかりで疲れる。

母親のネガティブな愚痴にいつも耳を塞ぎたくなると同時に、そう思ってしまう自分が申し訳なくて、できるだけ親身に相槌《あいづち》をうつように努める。

ひとしきり愚痴り終わると、今度は周囲への妬《ねた》み嫉《そね》みの話になる。

なんとかさんの息子は医者で、親にマンションをプレゼントしたとか、海外旅行に連れていってくれたらしいとか、そんな話が延々と続く。

『私も、優秀な息子の一人も生んでおけば、今頃悠々自適だったのにね』

嫌味で締めくくられるのも、毎回のこと。

『あなたからの雀の涙ほどの仕送りじゃ、友達との旅行代にもならないわ』

律はまた「ごめん」と謝った。

『もう少し、親孝行しようっていう気にはならないの？　仕事だってもう四年目なんだし、お給料もあがったでしょう？　とっかえひっかえ新しいメガネをかける余裕はあるのに、親への仕送り額は増やせないなんて、冷たい息子ね』

母に責められると、律は自分がとてもひどい人間のように思えた。

メガネ店の仕事は、やりがいがあって楽しいが、給料はいいとは言えない。新製品が出れば、アパレルと同様に店の顔として、率先して身につけなければならないから、決して贅沢《ぜいたく》でとっかえひっかえしているわけではない。

母親の発言の理不尽さを理性では理解していても、長年の間に刷り込まれた価値観で、律はどうしても自分が悪い気がしてしまう。大学に進学できなかったことも、生活にゆとりがなくて母親を満足させる仕送りができないことも、すべて自分が至らないせいだ、と。

結局、あと一万円仕送り額を増やす約束をした。

『一万なんて、一回ランチにでも行けば終わっちゃう額だけどね』

母親は不満そうだった。

通話を終える頃には、身にまとっていた幸せの余韻は、すっかり霧散していた。

幸福感に取って代わるように、心には重い錘《おもり》がぶらさがっていた。

律は、両親から褒められたり感謝されたりした記憶がひとつもない。

両親は不仲で、幼い律の前でぞっとするような諍《いさか》いを始終繰り広げていた。父親は自分の趣味や交友関係が最優先の人で、母親と律に自分の時間を邪魔されることをとても嫌がった。

父親がほとんど家に寄りつかないせいで、すべての負担は母にのしかかった。姑《しゅうとめ》の介護、律の世話。足りない生活費の捻出。

溜まりに溜まった母親のストレスのはけ口は、いつも律に向かった。

あなたなんか生まなければ、こんな生活に縛られることもなかったのに。

あなたのろくでもない父親のせいで、私の人生はめちゃくちゃになった。

どうしてあなたのおばあちゃんの面倒を私がみなくちゃならないの！　私にとっては赤の他人なのに！

おそらく誰もが、そんなことを年端《としは》もいかない子供に言うなんてひどい母親だと思うだろう。

だが、当事者の律にとっては、すべてが確かにその通りに思えた。律がいなければ母はもっと自由に生きられただろうし、父親がろくでもないのは事実だし、父方の祖母は律とは血の繋がりがあっても母とは他人だし、母の愚痴はすべて事実をありのままに口にしているだけで、嘘はひとつもなかった。

律は母が好きだった。この世のすべての幼子がそうであるように、子供は無条件に母親を慕う。母親が自分のせいで苦しんでいることは、律をとてもつらくさせた。

祖母を見送り、父と離婚し、母はやがて一切炊事をしなくなった。食事は連日カップ麵《めん》。遠足や運動会の弁当も作ってもらえず、学校に行く途中のコンビニで菓子パンを買ったりした。

その状況を見兼ねたクラスメイトの母親が、『よかったら、うちの分と一緒に律くんのお弁当を作りましょうか？』と母親に電話してきたことがあった。

電話を切ったあと母親は、律が学校で憐《あわ》れみを誘うような行動をとったせいで自分はとんだ恥をかかされたと、律を激しく罵倒した。律にはそんなつもりは少しもなかったが、母親がそう言うなら、自分が悪いのだと思った。

母親の気分を害するのもつらいし、自分の置かれている状況を周りの人たちに知られるのも恥ずかしいと思う年頃になり、律はだんだん人と距離を置くようになった。

少しでも母親の役に立ちたくて、慣れない包丁を手に料理に挑戦したこともある。だが、それを見た母親は律に非難の目を向けてきた。

『なにをしてるの？　私が料理をしないからって、あてこすり？』

その頃になると、律にもある程度、母という人間のことがわかってきた。たとえばゲームなら、分岐点のどちらかが正解だが、母の場合は、常にどちらも不正解なのだ。

母は律をサンドバッグにしたいだけ。あらを見つけて罵倒することで、憂さを晴らしているのだ。

それがわかったところで、どうしようもなかった。親の庇護下にいる以上、逃れようがないし、本能的な情のようなものは、どんなひどい目に遭っても、消えるものではない。

高校卒業と同時に、律は家を出た。厄介者の自分がいなくなれば、母も楽になって、自由に生きられるのではないかと思った。

だが、意外にも母は律が家を出ることを渋った。散々世話になっておきながら、親を見捨てるのかと責めたてた。そう言われて律は、実際自分の中に母親から逃げたいという気持ちがあることを自覚して、自分はなんてひどい人間なのかと自己嫌悪に陥《おちい》った。

とはいえ、すでに就職先は決まっており、自宅から通える距離ではなかった。

親不孝者と罵られながら、律は家を出た。

申し訳ないと思いつつも、精神的には相当楽になった。その罪悪感を埋めるように、母親に毎月仕送りを続け、ボーナスは三分の二を渡している。

母からは、一度も礼を言われたことはない。逆に、さっきのようによその高給取りの息子と比較されて皮肉を言われたり、独り親を無責任に放り出して薄情な息子だと罵倒されてばかりだ。

最近になって、テレビで「毒親」という言葉を知った。律の母に特徴が似ていると思った。

だからといって、すべてを親のせいにしてすっきりすることなどできなかった。長年かけて刷り込まれてきた感情は消えず、やはり自分に非があったのではないかと思えて、自己肯定感の低さが改善されることはなかった。

それでも律は、自分の人生を、自分のできる範囲でしっかりと前向きに生きようと考えていた。

一人暮らしを始めた当初は、実家にいたときと同様にカップ麺やコンビニの弁当ばかり食べていたが、昔から口内炎ができやすいのは、栄養バランスが悪いせいかもしれないと気付き、一念発起して、自炊を始めた。

ネットで検索すれば、初心者でもできる簡単なレシピはいくらでも見つけられた。試してみると料理は楽しく、やがてはパンやスイーツまで作れるようになった。手先を使うことが好きだと自覚してからは、簡単なＤＩＹや裁縫、せっけんや入浴剤作りにまで手を広げ、お金のかからない趣味で休日を楽しんだ。

もしかしたら、自分は『あたたかい家庭ごっこ』を一人で再現しているのかもしれないと、ふと思ったりもする。子供時代に与えられなかったものを、自分で自分に施しているのかもしれない、と。

仕事にしてもそうだ。『お客様の笑顔のために』という職場のモットーを、律は常に念頭に置いて仕事をしているが、それは奉仕の精神というよりも、自分がしてほしかった気遣いや親切を、人にすることで、空疎《くうそ》な心を満たすと同時に、お客様からの感謝を引き出すことで、一度も「ありがとう」を言われたことがなかった子供時代の淋しさを埋めようとしているだけかもしれない。

お客様の笑顔のためなんかじゃない。本当は自分の笑顔のためのエゴイズム。

ふと、西倫太朗を思い出す。メガネを貸したことをあんなに感謝してくれて、律の弁当を「おいしい」と褒めてくれた。

趣味が料理といっても、律は親しい友達がいないから、人に料理を振る舞ったことがなかった。自分が作ったものを生まれて初めて人から「おいしい」と言ってもらえたのは、相手が有名人だからということとは関係なく、とても嬉しかった。

仕事とは無縁なところで人から褒められるのは、なんて幸せなのだろうと、しみじみ思った。

3

倫太朗《りんたろう》から連絡がきたのは、その数日後の仕事終わりのことだった。

『この間のクッキー、すごくおいしかったんだけど、作り方を教えてもらえないかな』

バックヤードのロッカー前でスマホの電源を入れて、そのメッセージに気付いた律《りつ》は、驚きで心臓がバクバクとなった。

連絡先の交換をしたものの、あれは場の雰囲気という感じで、まさか本当に連絡がくるとは思っていなかった。

ましてや、その内容が意表を突いていた。西《にし》倫太朗からクッキーの作り方を聞かれるとは思わなかった。

律は『先日はご来店いただきありがとうございました』という一文を添え、いつも利用しているお菓子作りのサイトのURLを貼り付けて返信した。

私服に着替え終わったところで、スマホがメッセージの受信を告げる。

『今、電話しても大丈夫？』

吹き出しの中の文字を見て、さらに心臓が飛び跳ねる。

律は店長とほかのスタッフに挨拶をして、鞄《かばん》を摑んで店を飛び出した。モールの外まで出たところで、『大丈夫です』と返信をした。

すぐに倫太朗から電話がかかってきた。

『こんばんは。ごめんね、まだ仕事中だった？』

「いえ、もう帰るところです」

『よかった。早速レシピを教えてくれてありがとう。……それでね、恥ずかしい話なんだけど、実はまったく料理の経験がなくて、このレシピを見ただけじゃ、作れる自信がないんだ』

そう言われて、自分が料理初心者だった頃のことを思い出す。「適当な大きさに切る」とか「塩適宜《てきぎ》」とか言われても、どれが適当で適宜なのか皆目見当がつかなくて途方に暮れた。

「すみません、気が利《き》かなくて。あとで、もっと細かい説明を添えて、送り直します」

『ありがとう』

やさしい声で礼を言ったあと、倫太朗は言いにくそうに続けた。

『あのね、すごく厚かましい話なんだけど、もしできたら、直接ご指導願えないかな？』

「え？」

『クッキーだけじゃなくて、この間の卵焼きやきんぴらも教えてもらえると助かる。切実に困ってるんだ』

律は返事に窮《きゅう》した。西倫太朗ほどの人気作家なら、高級割烹《こうきゅうかっぽう》から仕出しを取ったり、料理上手なハウスキーパーを雇うのも簡単だろうし、腕をふるいたがる女性だって引きも切らないだろう。よりにもよってなぜ自分なのかと、困惑する。

その戸惑いを察したように、倫太朗が言う。

『きみの作るものは、うちの母の味にすごく似ているんだ』

そう説明されて、ようやく少し納得がいった。律が常々参考にしているサイトのレシピが、倫太朗の『おふくろの味』に近く、ノスタルジーを感じたということらしい。

だからといって、突然よく知りもしないメガネ店の店員に料理の直接指導を頼むのもなかなか突拍子もない思いつきだが、作家というのはそういうエキセントリックなものなのかもしれない。

驚きはしたが、悪い気はしなかった。尊敬する作家が、自分に料理を教えてほしいという。こんな夢のような出来事があるだろうか。

「でも、本当に俺なんかでいいんでしょうか」

『ぜひお願いします』

律は戸惑いながらも引き受けることにして、次の休みの日のお昼過ぎに、倫太朗の家を訪問する約束をした。

事前にスマホに送ってくれた地図がとてもわかりやすかったので、律は迷うことなく倫太朗の家に到着した。

古い住宅街の一角にある西家は、大谷石《おおやいし》の塀にぐるりと囲まれた、レトロな和風建築の家だった。

門の外のインターホンを押すと、音声の応答より先に奥の玄関の引き戸が開く音がして、倫太朗が出てきた。

「いらっしゃい。……あれ、車じゃない？」

駐車場に律の車がないのを見て、訊ねてくる。

「駅から歩いてきました。車、持っていないので」

「そうだったのか。言ってくれれば迎えに行ったのに」

倫太朗が驚いたように言うのも無理はない。このあたりは一家に家族の人数分の車があるのが普通という土地柄だった。公共の交通網の便が悪く、商業施設はどれも駐車スペースの広い郊外にあるため、車なしで生活するのはなかなか大変だ。律は勤め先のすぐそばにアパートを借りているので、今のところ車なしでもなんとかなっている。

「お休みの日に無理を言ったうえに、余計な労力を使わせてしまって、申し訳ない」

「とんでもないです」

倫太朗は、紺色のVネックの薄地のニットに、淡いグレーのボトムスという姿だ。どちらも麻素材なのか、リラックス感はあるがシャリッとして、大人っぽい。同じ二十代だが、前半と後半だからか、内面の差か、倫太朗はいつもとても大人っぽく見える。

「友達と出かける予定とかなかった？」

「友達、いないので」

うっかり本当のことを言ってしまったら、倫太朗が「え」という顔になる。律は慌てて言葉を続けた。

「この街に転勤になったのがわりと最近なうえに、職場のスタッフともなかなか休みが合わないんですよね」

「ああ、そうか。ショッピングモールって年中無休だもんね」

「そうですね」

適当に流せてほっとする。

律に親しい友達がいないのは、別に慣れない土地やシフトのせいではない。地元に戻っても、連絡を取り合う友人は一人もいない。それでも特に困ったりはしなかった。インドアの趣味をたくさん持っているから、一人でも充分楽しいのだ。

しかし、友達がいないと言うと大概変な目で見られるので、普段はあえてそんなことは言わない。表面上は人当たりがよく、コミュ力も普通にあるせいで、自分から言わなければ誰も気付かない。

夏が前倒しでやってきたような暑い日だったが、門から一歩敷地内に入ると、気温が少し下がった感じがした。

「涼しいですね」

「庭木のせいかな」

確かに、屋敷の庭はうっそうとした緑に囲まれ、どこか避暑地にでも来たような雰囲気だった。もみじと石灯籠《いしどうろう》の取り合わせは、平屋の日本家屋とあいまって純和風だが、玄関の前にはバラのアーチがかかり、椿《つばき》の木の根元には、ラベンダーの一群がかぐわしい紫の小花を咲かせている。

律の視線を追って、倫太朗がふっと笑う。

「統一性がないよね。母がとにかく草木が好きで、節操なく植えたものだから」

「すごく素敵です」

様々な草木が生い茂る庭は、植物への愛情が滲《にじ》み出《で》ていてとても居心地がよかった。

勝手に一人暮らしだと思い込んでいたが、もしかして家族と一緒に暮らしているのだろうか。

縁側から見える室内にちらりと視線を向けると、倫太朗が言った。

「母は三か月前に亡くなったんだ。前日まで元気だったのに、急に倒れてね」

「……そうだったんですか」

かける言葉を失う。それで住人を失ったこの家に帰ってきたということか。

律の弁当やクッキーにノスタルジーを刺激されたのも、もしかしたらそのせいかもしれない。

この庭を見れば、倫太朗の母親の人柄が見て取れる。植物を大切にしたように、子供にもたっぷりと愛情を注ぐ人だったに違いない。

屋敷は、外観だけではなく中も純和風だった。玄関も二畳ほどの畳敷きで、まるで旅館のようだ。

庭からの涼風が室内を爽やかに通り抜け、木造家屋の懐《なつ》かしい匂いがする。

居間の一枚板の大きな座卓には、ノートパソコンや紙類が広げられていた。

「ごめんね、散らかってて。仕事部屋は別にあるんだけど、どうもここが居心地よくて」

「お仕事されてたんですか。お昼は、もう食べました？」

「いや、朝が遅かったからまだ」

「じゃあ、もしよかったら」

律は保冷トートバッグからタッパーを取り出した。クッキーやきんぴら用の食材は倫太朗が事前に用意しておくと言ってくれたが、手ぶらで来るのもどうかと思い、作り置きの総菜を何品か詰めて持ってきた。

「うわ、すごい。わざわざ作ってきてくれたの？」

「いえ、休日に料理の作り置きをするのが趣味なんですけど、一人暮らしなのに、いつもつい作りすぎてしまって」

「羨《うらや》ましい才能だな」

誰よりすごい才能を持っている人にそんなことを言われると、恥ずかしくなってしまう。

夏野菜の揚げびたし、肉じゃが、卵焼きなど、いつも作っている簡単なものばかりだったが、倫太朗はとても喜んでくれた。

食べている最中に、玄関の引き戸が開く音がした。倫太朗が「あれ」という表情になり、「早いな」と呟く。

原稿を取りに来た編集者かなにかだろうかと思っていると、「こんにちは」でも「おじゃまします」でもなく、誰かが家の中にあがりこんで、廊下を歩いてくる足音がした。

障子《しょうじ》の陰から姿を見せたのは、紺のブレザーに臙脂《えんじ》のネクタイという制服姿の少年だった。多分、高校生だろう。鋭角的な面差しも、背が高く肩幅の広い骨格も、倫太朗とよく似ているが、常に柔和な表情の倫太朗とは対照的に、少年は不機嫌そうな仏頂面《ぶっちょうづら》をしている。

「早かったね。体調でも悪い？」

「中間テスト」

少年は聞こえるか聞こえないかの声でぼそっと言った。

「テスト？　聞いてないぞ」

「言う必要ねえし」

面倒そうに言って通り過ぎようとした少年を、倫太朗が呼び止めた。

「ケン、お客様にご挨拶」

ケンと呼ばれた少年は、律に一瞥《いちべつ》をくれ、プイと顔を逸らしかけたが、ふとその視線が座卓の上で止まる。

「弟の健児《けんじ》。高校二年生なんだ」

倫太朗が苦笑いで紹介してくれる。律も自己紹介しようとしたところに、健児がずかずかと近づいてきて、タッパーの中の卵焼きをつまんで口に放り込んだ。

「ケン、行儀悪い」

窘《たしな》める兄を無視して、二つ目の卵焼きを口に入れながら、値踏みするように律を見つめてくる。

「誰？　新しいハウスキーパー？」

「友達だよ」

倫太朗が引き取って答える。

「友達？」

健児はさらに疑わしげな視線を向けてくる。

「この間のクッキーを作ってくれた人だよ」

弟までクッキーを食べてくれたのかと思うと、少し気恥ずかしくなる。

「ふうん」

なにか言いたげな健児の声にかぶるように、座卓に置かれたスマホが鳴りだした。

「ちょっとごめんね」

律に断って、倫太朗は電話に出た。

受け答えの口調からして、どうやら仕事関係らしい。倫太朗は会話をしながら、なにかを探すように廊下の奥の部屋へと向かう。

「これなに？」

揚げびたしの入ったタッパーを覗き込んで、健児が訊ねてきた。

「野菜を素揚げして、出汁《だし》につけてあるんだ。よかったらどうぞ」

割《わ》り箸《ばし》を差し出すと、健児は素直に受け取り、玉ねぎをつまんで口に運ぶ。

「あ、うまいやつ。母さんが、茄子《なす》とかかぼちゃとか入れて、よく夏に作ってたのと、同じ味。卵焼きもめっちゃうまかった」

無邪気にパクパクとつまんだあと、ふと我に返ったように表情を硬くして、律を見つめてくる。

「あんた、本当に兄貴の友達？」

律は戸惑った。倫太朗が友達だと言ってくれているのだから、頷いておけばいいのだろうか。

だが、プライベートな時間に会うのはこれが初めての、雲の上の存在である憧《あこが》れの作家を、軽率に「友達」などと呼んでいいものか。

律の迷いをどうとったのか、箸を置いた健児の顔に、敵意めいた表情が浮かぶ。

「やっぱ下心があるやつ？」

下心なんて……と思いつつ、絶対ないと言い切る自信はない。

声をかけてきたのが西倫太朗ではなく、まったく知らない相手だったら？　もちろん、誰であろうとあの状況なら、律はメガネを貸した。でも、その後の連絡先の交換や、自宅への招きに応じたのは、相手が憧れの作家であり、それゆえ身元がはっきりしていたからだ。

そういう考え方を、打算とか下心とかいうなら、確かに下心はあったと言える。

「やっぱそうか。兄貴が人気作家でゲイだって知って、取り入ろうとしてるんでしょ？」

そう、人気作家で……。

「え？」

思わず聞き返すと、健児は見下すように鼻を鳴らした。

「いまさらとぼけても遅いって。確かに兄貴はイケメンだし、金持ってるし、下心を持って近づくのも仕方ないよね」

「ま、待って、あの……ゲイって……」

「けど、やめといた方がいいよ。あいつ、すっげえ遊び人だから。食い散らかすだけ食い散らかして、ポイってされておしまいだよ」

「食い散らかすって……」

「猛獣みたいなやつだから、油断してると、結構エグいことされちゃうよ？」

「猛獣……」

目を見開いて、呆然と健児の言葉を復唱していると、健児は怪訝《けげん》そうに律を見つめてきた。

「あれ、俺もしかしてなにか勘違いしてた？　そういう理由で近づいたんじゃないの？」

律は「まさか」と首を振った。

「西先生は、俺の勤務先のメガネ店のお客様で、たまたま休憩時間に俺の弁当を見た先生が、作り方を教えてほしいって……」

ゲイとか猛獣とか、実の弟からとんでもない情報を吹き込まれて、律はしどろもどろに返した。

「なーんだ。俺の勘違いか」

そんな会話をしているうちに、倫太朗が電話を終えて戻ってきた。

健児はまたすうっと不機嫌そうな表情になり、倫太朗と入れ替わりで襖《ふすま》の向こうに立ち去っていった。

「ごめんね、お待たせしました」

「いえ、とんでもないです！」

作り笑顔で答えながらも、律は内心動揺しまくっていた。

倫太朗がゲイだというのは本当だろうか？　自分に声をかけてきたのも、そういう指向だから？

だが、すぐにその図々しい考えを否定する。ゲイだとしても、倫太朗ほどの男ならいくらでも好みの相手を選べるはずだ。冴えないメガネ店の店員を誘惑する必要などない。

……しかし、それは本命の場合だ。さっき健児が言ったように、倫太朗が見かけにそぐわぬ遊び人の猛獣で、性欲のはけ口のためなら相手は誰でも構わないというタイプだったら？

いや、そんな男には見えない。

でも、実の弟が言うってことは、こう見えて、見かけによらず……？

台所に移動して、きんぴらや卵焼きの手ほどきをしている間も、心ここにあらずだった。

初対面から今までのやりとりで、倫太朗からそういう気配を感じたことはなかったが、そもそも男同士はもとより、男女の恋愛にも疎《うと》くて、今まで誰ともつきあったことがない律に、そんな気配を察する能力があろうはずもない。

律としては、尊敬する作家であり、紳士であるという印象を信じている。しかし、もしかしたら自分は鈍感すぎて、倫太朗のなにがしかのアピールを見過ごしているのかもしれない。

「きんぴらって、細く切らなきゃいけないんだと思ってたけど、この切り方だとハードルが下がって僕でもできそうだ」

「そうですか?」

「卵焼きも、多少崩れてもラップで巻いて落ち着かせると、全然わからなくなるんだね」

真面目に料理に取り組む倫太朗は、やっぱりなんの邪心もなさそうに見えた。多分、健児の冗談だったのだろう。

「そろそろさっきのクッキー生地が落ち着いたかな。冷蔵庫をあけさせていただきますね」

倫太朗に断って、律は冷蔵庫の方を振り向き、歩きだそうとした。しかし慣れない台所でゴミ箱の角にスリッパをひっかけてしまった。踏みとどまろうとした足が、もう一方のスリッパの底を踏んでしまい、つんのめる。

「危ない!」

すかさず倫太朗が後ろから抱き留めてくれた。

「すみません、ありがとうございます」

礼を言いつつ振り返ると、思いのほか近くに倫太朗の顔があった。

慌ててその腕の中から離れようとすると、逆にぎゅっと強く抱き寄せられた。

「え？」

驚きでパニックに陥《おちい》る。

なにこれ。

見かけ以上にがっしりとした胸板。高めの体温。ほのかに香るのはボディーソープなのかフレグランスなのか。

「あ、あの……」

動揺して身じろぐ律を、倫太朗はさらに強く抱きしめてくる。

「暴れないで」

耳元で囁《ささや》かれて、ぞくっと肌が粟立つ。

なにこれ、なにこれ、なにこれ……。

誰かとこんなに密着するのは、生まれて初めてだった。心臓がドキドキして、頭に血がのぼって、茫然自失《ぼうぜんじしつ》となる。

まさか。

まさか健児の先ほどの話は本当だったのだろうか？

律は混乱しながら、倫太朗の胸板を押し返した。

「すみません、俺、そういうつもりじゃなくて……」

「そういうつもりじゃない？」

不思議そうな表情に、そういうつもりじゃないなら何をしに来たんだと責められているような気がして、律はおどおどと言い募った。

「西先生の大ファンだし、あの、本当に素敵な方だなって思ってますけど、こういうことは、あの、あの、もっと先生とお似合いの方と……」

倫太朗はさらに不思議そうな顔をする。

「ごめんね。ちょっと何を言っているのかわからないんだけど、そっちに踏み出すと包丁が落ちていて危ないから、とりあえずこっち側に来て」

倫太朗の腕の中でくるりと百八十度ターンさせられ、解放される。

床に視線を落とすと、律が踏み出そうとした方向に、確かに包丁が落ちていた。さっき律がつまずいた振動で、落下したようだ。

顔にかっと血がのぼる。

なんという恥ずかしい勘違いだろう。倫太朗は律が包丁を踏まないように引き留めてくれただけだったのだ。

「すっ、すみません、俺……」

「いや、なにか誤解させるような触り方をしちゃったかな」

「違います、俺が勝手に……」

しどろもどろになっていると、台所の入り口から笑い声がした。のれんの向こうで健児が身体を二つ折りにして笑い転げている。

「ケン？」

倫太朗が訝《いぶか》しげに問いかける。

「まさか信じるなんて！」

「なにを？」

「兄貴がゲイの猛獣で、その人を食い散らかそうとしてるって話」

倫太朗は、笑い転げる健児と、恥ずかしさで顔を赤らめている律を交互に眺め、それから窘めるような視線を健児に向けた。

「悪ふざけも大概にしなさい。横室《よこむろ》くんに失礼だろう」

叱られたのが癇《かん》に障《さわ》ったのか、健児は笑顔を引っ込めて、倫太朗を睨《にら》み返《かえ》した。

「ゲイなのは本当じゃん」

「本当だとしても、僕がいないところを見計らってそんな言い方で伝えるべきじゃないだろう」

そこは本当なのかと律が内心驚いている間に、兄弟喧嘩《きょうだいげんか》はヒートアップしていく。

「だいたい、兄貴が帰ってきてから、編集者だとかハウスキーパーだとか、余計なやつらがずけずけと家の中に入ってきてうざいんだよ！」

「母さんがいなくなって、ケン一人じゃ家事もままならないんだから、ハウスキーパーさんに来てもらうのは当然の選択だろう。それを気に入らないからって、次々追い出すなんて、あまりにも大人げないぞ」

「大人じゃねえし」

「ケン」

「ここは俺と母さんの家だったんだ。ずっといなかった兄貴が、なんで我が物顔で取り仕切ってるんだよ」

揉め事の原因は自分のような気がしてきて、責任を感じてしまう。さっさと帰るべきだろうか。

だが、それでは律が後味悪すぎる。

「あの」

律はおそるおそる二人の言い合いに割って入った。

「これからクッキーを作るんだけど、健児くんも一緒にどう？」

案の定、健児は鬱陶《うっとう》しそうな視線をよこして「は？」ととげとげしく聞き返してきた。

どうせ断られるだろうとは思ったが、持参した動物の抜型を取り出してみせる。

「今から生地をのばして、これで型抜きして焼くんだ」

クマやウサギの抜型を見せると、意外にも健児の目に興味深げな色が浮かぶ。

「……まあどうしてもって言うなら、手伝ってやってもいいけど」

ほぼ諦《あきら》めていたので、思いがけない反応に驚いた。

「じゃあ、居間のテーブルの上にラップを敷いてやらせてもらおう」

気が変わらないうちにと健児に抜型を手渡し、居間へと促す。クッキー生地と麺棒《めんぼう》を持って振り返ると、倫太朗が驚いたような笑みを浮かべている。

「すごいね。横室くんは猛獣使いだ。ああ、猛獣っていっても、弟の方ね？　あいつがあんなふうに素直に言うことを聞くの、初めて見たよ。あんなに笑っているところもね」

さっき健児に散々笑われたいきさつを思い出すと、微妙な気持ちになる。倫太朗がゲイだというのは、本当だろうか。

だが、居間で健児が待っている状況で、そんな話を蒸し返すのもためらわれ、律は倫太朗と一緒に、居間へ向かった。

健児は最初こそ渋々手伝ってやるというポーズをとっていたが、段々夢中になり、ウサギの耳やクマの手など、細いパーツがちぎれずに上手に抜けると、無邪気な笑みを浮かべて自慢げに律に見せてきた。

「俺って天才かも」

「うん、健児くんは手先が器用だね」

「マジ？　パティシエ目指そうかな」

冗談を言いながら、生地に無駄が出ないように絶妙な角度で抜型をあてていく。

倫太朗は座卓の片隅にパソコンを移動して、仕事を始めた。教えてほしいと言っていた張本人が一切手を出してこないのもどうかと思いつつ、倫太朗が手を出さないから健児がやりやすいのかもしれないと思う。

打ち解けてくると健児は、その長身にそぐわずかわいさがある。律は一人っ子だったので、こんな弟がいたら楽しかっただろうなと密かに微笑ましく思った。

倫太朗の母親は料理好きだったらしく、台所には使い込んだガスオーブンがあった。火の回りのいいオーブンのおかげで、律のチープなオーブンレンジで焼くよりも均一にきれいに焼けた。

健児は焼きたてを天板からじかにつまんで、熱がりながらも頬張り、澄んだ目をきらきらと輝かせた。

「すっげえうまい！　焼きたてのこの感じ、懐かしい」

「気に入ってくれたならよかった」

「めっちゃ気に入った。この前、兄貴が買ってきたやつの百倍うまい」

健児の発言に、倫太朗が苦笑いする。

「この前、横室くんのお店に持っていったのと同じものをケンにも買ったんだけど、どうもあまり気に入ってもらえなくてね」

「あの焼き菓子、すごくおいしかったです！」

「俺はこっちの方が好き。いくらでも食べられる感じ」

見たところ、どうやら健児は反抗期なのだろう。赤の他人の律にはこんなお世辞も言ってくれてかわいいが、倫太朗にはいちいち噛みついていく。律には反抗期らしきものはなく、反抗などできる空気でもなかったが、中高生の頃に身内に対して素直になれないというのは、よく聞く話だ。

「これ、少し友達に分けてもいい？」

「もちろん。なにか見た目のいいラッピングフィルムでも持ってくればよかったね」

「そんなかしこまった相手じゃないから。野郎だし」

健児はクッキーをひとつかみ無造作にポリ袋の中に入れて、ぎゅっと口を縛った。

「横室さんすごいね。クッキーの作り方まで知ってるなんて。お母さんに教わったの？」

「いや、ネットのレシピを参考にしたんだ」

「マジ？　昔、母さんが作ってくれたのと味が似てるから、横室さんもお母さん直伝かと思った」

律と健児のやりとりを、倫太朗は微笑ましそうに眺めている。

倫太朗に呼ばれて来たのに、結局滞在時間のほとんどを、律は健児としゃべって過ごした。

夕方になり、健児がテスト勉強をするからと自分の部屋に引き揚げたのを潮に、律もいとまを告げる。倫太朗は車の鍵を持って律と一緒に外に出た。

「送るよ」

「大丈夫です」

「少し話したいこともあるし、送らせてほしい」

律は倫太朗がドアを開けてくれた助手席に遠慮がちに乗り込んだ。

律のアパートをカーナビに登録して、車を発進させながら、倫太朗は嬉しげに笑った。

「今日はありがとう」

「いえ、ほとんど健児くんと遊んでいただけで、料理も半分もできなくてすみません」

「とんでもない。ケンの相手をしてもらえたのが、なによりありがたい。見ての通り、どうも僕はケンには嫌われていてね」

「そんな……。単にそういう年頃ってことじゃないでしょうか」

「まあ、それもなくはないんだろうけど。弟とはひとまわり歳《とし》が離れていて、あいつがまだ六つのときに、僕は大学進学のために上京したんだ。卒業後も東京に残って、年に数回帰省するだけで、好きなことをしていたから、あいつにとって僕は、身勝手きわまりない兄なんだと思う。実際その通りだしね」

「でも、お母さんが亡くなられて、こっちに戻ってきたんですよね？」

「未成年の弟を一人でおいておけないからね」

一人っ子の律は、羨ましいなと思う。

「やさしいお兄さんです」

「いや、どこでもできる仕事なんだし、もっと早くそうすべきだった。ケンもそれで腹を立てているんだと思う。母親が生きている間に親孝行をしなかった僕にね」

「息子が芳川《よしかわ》賞作家だなんて、お母さんにとってはすごく自慢で嬉しいことだったんじゃないでしょうか。それでもう充分、親孝行だと思います」

倫太朗は「ありがとう」と柔らかく微笑んだ。

「とにかくやさしい母親だった。怒られたことは一度もなかったよ。でも一回だけ泣かれたことがあって」

　進行方向をじっと見据えて、倫太朗が淡々と言う。

「高二のときに、僕の性指向が母にバレてね。怒られたり、非難されたりするならまだよかったんだけど、ごめんねって泣きながら謝られちゃったんだ。自分がちゃんと生んでやれなかったからって」

「そんな……」

「正直、人生でいちばんへこんだよ。小さい頃に父親を事故で亡くして、それからずっと女手ひとつで育ててくれた母親を、あんなふうに泣かせるなんてさ」

　なんとも切ない話だ。恋愛に疎い律ですら、人を好きになる気持ちを理性でコントロールするのは無理だと想像がつく。それは倫太朗のせいでもなければ、もちろん母親のせいでもない。でもきっと、倫太朗は、母親に泣かれてしまったせいで、罪悪感に打ちひしがれたに違いない。

「実家に金銭的な不自由がないのを幸いに、大学進学と同時に家を出た。十八の僕は、母親をこれ以上傷つけないためには距離を置くしかないと思ったんだ。正直に言えば、逃げ出したんだ」

　律は自分の身を振り返った。理由は真逆だけれど、律も同じ年に母親の元から逃げ出したのだった。

「母はまだ若かったし、これからいくらでも親孝行できると思っていた。くも膜下出血で倒れて危篤《きとく》だと連絡を受けたときは、茫然自失だったよ」

「そんな……」

「人の命って、わからないものだね。横室くんのご両親はご健在？」

「うちは離婚していて、父親とはもうずっと会ってないんですけど、母は元気です」

「そうか。大事にしてね、お母さん」

律はなんとか笑顔を取り繕って頷いた。

様々な感情が去来する。いつも律に対して文句ばかりの母。でもきっと、母をそんな気持ちにさせるのは、自分なのだろう。自分が至らないから、何をしても喜ばせることができない。

「変な話をしてごめんね」

平日の夕刻の混雑し始めた通りを、流れに身を任せてゆっくりと走りながら、倫太朗が苦笑いで言った。

「いきなり身の上話をしてしまって、しかも個人的な性指向の話まで。不快にさせてしまったかな」

律の物思いを、違う意味に解釈したらしい。律は慌ててかぶりを振った。

「いいえ、まさか」

「確かに僕の恋愛対象は同性だけど、別に不埒《ふらち》な感情できみに近づいたわけじゃないんだ」

「もちろん、そんなわけないことは、充分わかっています！」

律が断言すると、赤信号で停止した倫太朗が苦笑いで律の方を見る。

「ずいぶんきっぱり言うね」

「だって西《にし》先生のような人が、俺みたいな冴えないメガネ店の店員をそんな対象にするわけないじゃないですか」

「いや、きみは趣味のど真ん中だよ」

真顔で言われて、律が固まると、倫太朗が噴き出した。そうだよ、冗談に決まっている。律も笑い返す。

「厚かましくご馳走になったきみのお弁当が、母の味に似ていてすごくおいしかったんだ。しかも、きみにもらったクッキーを、ケンが珍しく喜んでね。どうしてもきみに作り方を教えてほしかった」

「少しでもお役に立てていたら、嬉しいです」

「少しなんてものじゃない。さっきも言ったけど、あんなふうに笑うケンを見たのは久しぶりだよ。気難しい弟が、初対面の相手と打ち解けるのも珍しいことだし」

再び動きだした車の中で、倫太朗はやさしい口調で言った。

「もしよかったら、また時々遊びに来てくれないかな」

光栄だけれど、真に受けていいのだろうか。律が返事に困っていると、倫太朗はちらりと視線をよこした。

「横室くんが迷惑じゃなかったらだけど」

律は慌てて否定した。

「迷惑だなんて。西先生にそんなふうに誘っていただけるのは夢みたいです」

「そんな硬い呼び方はやめて、下の名前で呼んでよ」

「まさか！　尊敬する先生を、名前呼びなんて恐れ多いです」

「しがない小説家の身で、そんなふうに言われたら、こっちが恐れ多いよ」

苦笑いしたあと、「でも」と倫太朗は続けた。

「きみがたまたま僕の本を読んでくれていたから、不審者認定されずにこうして相手をしてもらえてるんだよな。作家になってよかったって、生まれて初めて思った」

人気作家でこのルックスというだけでモテ要素満載だが、さらにこういう、茶目っ気たっぷりに相手を気持ちよくさせる言葉がするっと出てくるあたり、きっと老若男女問わずモテまくりだろう。自己評価が並外れて低い律ですら、自分が特別な存在になったような錯覚を起こしそうになる。

本当なら接点などあるはずがない雲の上の存在なのに、不思議な親しみを感じ、アパートの前で車を降りるときには密かに名残惜《なごりお》しささえ覚えた律だった。

4

仕事休みの平日、律《りつ》は帰省した。

先日倫太朗《りんたろう》と話したことが、ずっと頭に残っていた。親孝行をできないまま母親を亡くしたことを、倫太朗はとても後悔しているようだった。

律は内心母親が苦手で、そんな自分に常にもやもやと罪悪感を抱いていた。母親には自分を生んでよかったと思ってほしかったし、自分も母親に感謝や愛情を感じたいと思っていた。

倫太朗からもらった焼き菓子がとてもおいしかったので、オンラインショップから同じものを取り寄せ、最近スマホが見づらいとこぼす母に、似合いそうなブルーライトカットのモダンなデザインのシニアグラスを用意した。

昼過ぎ、古いマンションの一階にある自宅のインターホンを押すと、しばらくしてから玄関の鍵が開いた。母親はスマホで誰かとしゃべっている。

上機嫌にしゃべる内容は、どうやらパート先の仲間とのランチの約束かなにからしい。誰かを仲間外れにする算段が漏れ聞こえてきて、律はしょっぱなからもやもやとした気持ちになり、心が折れそうになる。

やがて電話を終えた母親は、電話相手に対するのとは打って変わって身内モードになり、テンション低く不満を述べる。

「鍵を持ってるんだから、勝手に開けて入ればいいじゃない。こっちは電話中だったのに」

以前そうしたら、「人の家の鍵を勝手に開けて入るなんて、息子といえども泥棒と同じ」と嫌な顔をされたのだが。

「ああ、もう、やたら長電話されて、肩が凝《こ》っちゃったわ。あの人、本当にくだらないことばっかりだらだらしゃべって、迷惑だったら」

聞いていた限りでは、母親の方が一方的にしゃべっているように見えた。さっきまでは一緒に誰かの悪口を言っていたくせに、今度はその相手を悪しざまに言う。昔から、母親のそういうところが苦手だったと思ってしまい、すぐにそんな気持ちを打ち消す。今日は親孝行に来たのだ。

しかし律が手土産の焼き菓子を渡すと、母親は眉を顰《ひそ》めた。

「この間、コレステロール値が高いって言われたばっかりなのに、嫌がらせ？」

シニアグラスを出せば、

「母親への贈り物を自分の店の商品ですませるなんて、要領がいいわね」

と鼻で笑う。

「今日来るって言うから、てっきりお小遣いでも持ってきてくれると思って、昨日お友達とちょっと値の張るランチに行っちゃったじゃない。そんなことなら、倹約しておけばよかったわ」

少しでも歩み寄れたらなどと思ったのは、やはり幻想だったようだ。

それでも律は、母のとりとめのない愚痴に耳を傾け、辛抱強く数時間を過ごした。やがて母の愚痴は、また律自身のことになった。

「急に来るっていうから、彼女でも連れてくるのかと思ったけど、相変わらず女っ気もないのね。がっかりだわ。早く孫の顔を見せるのも、子供の義務よ」

律は「まだ早いよ。そのうちね」と微笑んでみせたが、実家をあとにする頃には精神的に疲れ果てていた。

帰りの電車に揺られながら、自己嫌悪に陥《おちい》る。

自分はいったい何をやっているのだろう。

母親の性格はもう充分知り尽くしているはずだ。なにに対してもあらを探す思考回路が完全に癖になっている人だと。

それなのに、言われることにいちいち傷つき、がっかりしている自分が馬鹿馬鹿しい。

そして、なにひとつ母親を満足させられない無力感が虚しかった。

孫でも生まれたら、母親は本当に少しは喜んでくれるだろうか？　と考え、律はすぐに心の中で否定した。

我が子をまったくかわいがらなかった母が、孫をかわいがる姿は想像がつかない。どうせまた、男の子がよかったとか、女の子がよかったとか、難癖をつけて、文句のネタにするだけだろう。

そもそも律は、結婚とか子供とかいう以前に、誰かとつきあう自分の姿を想像できなかった。

何もかもを生まれ育った環境のせいにするのはよくないし、人の性格は持って生まれた部分が大きいと思っている。

でも、恋愛がらみのことが苦手な理由のひとつに、わずかばかり心当たりがあった。

律の両親はとにかく仲が悪く、いつもぞっとするような言葉で罵り合っていた。直接的な暴力はなかったが、物が飛び交うことも珍しくなかった。

お互いを、この世でもっとも憎み合っているとしか思えない両親だったが、律は子供の頃に一度、両親の営みを覗き見てしまったことがあった。

蒸し暑い真夏の夜で、ふと目を覚ますと、獣のような唸《うな》り声《ごえ》が聞こえた。なにごとかとおそるおそる居間を覗くと、両親が半裸で絡み合っていた。

最初は、母親が乱暴されているのかと思った。もうその頃には完全に両親の関係は破綻し、離婚も秒読みの時期だったからだ。

だが、母親は両腕を父親の首に回して、自らしがみついていた。

親の営みなどただでさえ見たくないものだが、お互い憎み合い、完全に破綻しているように見えた両親のその姿は、律に激しい嫌悪と混乱を催させた。

惚《ほ》れた腫《は》れたの成れの果てとは、なんてグロテスクで気味の悪いものだろう。あんなに憎み合いながら、肉欲には勝てないなんて。

恋愛感情というものが律には理解できなくなった。学校で、職場で、それとなく好意を寄せられれば、一瞬嬉しくなる。でも、それ以上に関係性を深めたいとは思えなかった。他人だからこそ、お互いリスペクトできるし、やさしくできるのだ。ひとたび身内になれば、あの泥沼が繰り広げられる。

律は、そういうものと無縁でいたかった。醜い罵り合いとも無様な肉欲とも距離を置いて、充実した仕事と、穏やかな一人の時間が持てれば、それでよかった。

ぼんやりと電車の揺れに身を任せていると、膝にのせたサコッシュの中からかすかな電子音が聞こえた。

スマホを取り出してみると、倫太朗からメッセージが届いていた。

『ステーキのおいしい焼き方ってわかるかな』

唐突な質問が、気持ちのモヤモヤを一瞬でどこかに押しやる。

『ステーキですか？』

質問を返すと、すぐに返信があった。

『仕事先から、ステーキ肉をもらったんだけど。焼き方がわからなくて。横室《よこむろ》くん、今日はお休みだよね？　よかったら、焼き方指導方々、一緒に食べませんか？』

思いがけない誘いを嬉しく思いながら、返事を送る。

『今、実家からの帰りで、あと二時間くらいはかかりそうです』

待たせては申し訳ないので、断りのつもりだったのだが、倫太朗からは『じゃあ二時間後に駅に迎えに行くね』というメッセージが届いた。

夜の十時近く、駅に着くと、ロータリーの車寄せに本当に倫太朗の車があった。律の姿を見つけた倫太朗が、運転席から降りてくる。

「おかえり」

誰かにそんな言葉をかけられるのが久しぶりすぎて、いや、もしかしたら初めてのような気もして、胸が熱くなった。

「お休みの日に里帰りなんて、親孝行で偉いね」

倫太朗のやさしい言葉に、胸の中で何かがふっと緩んだ。

いきなり自分の瞳から溢れ出した涙に、誰よりも律自身が一番戸惑う。

「どうしたの？」

倫太朗も相当驚いたらしく、子供にするように腰を屈《かが》め、心配そうに顔を覗き込んでくる。

「すみません、なんでもないんです。すみません……」

なんとか落ち着こうと呼吸を整えていると、倫太朗がやさしく背中を撫でてくれた。

倫太朗の車の後部座席のドアが開き、健児が降りてきた。

「おい。なに泣かせてんだよ」

「違うよ、健児くん。俺が勝手に……」

傍《かたわ》らにやってきた健児も、倫太朗と同じように屈んで律の顔を覗き込んでくる。

「実家に帰ってたんでしょう？　お母さん、具合とか悪かった？」

「そうじゃないんだ」

「じゃあ、喧嘩《けんか》でもしちゃった？　俺もさ、つまんないことでちょいちょい母さんと喧嘩して、自分が悪いってわかってても謝れなくて、ぐるぐるしたことあるよ」

「そんなこと、あったんだ」

倫太朗がしみじみ言うと、健児は「うるさいな」ときまりわるげに口を尖《とが》らせ、また律の方を向く。

「でも、横室さんはいつでも仲直りできるんだし、元気出しなよ。ね？」

律は自分が恥ずかしくなる。両親ともに亡くしている十六歳の少年に慰められるなんて。

「ありがとう」

「横室くん、もしかしてお腹減《なか》ってたりしない？　空腹だと、気持ちが不安定になることあるよね」

「あるある。俺は腹減ると、すげえイライラしてくる」

珍しく兄弟の意見が一致したのが微笑ましくて、律は思わず口元に笑みを浮かべる。

その笑みを見て、健児が「なに？」と訊いてくる。そのまま伝えると反抗期の少年の神経を逆撫でしそうなので、律は言い方を変えた。

「俺は一人っ子だから、兄弟に心配してもらえてるみたいで嬉しいなって」

「俺も横室さんみたいな兄貴だったら、欲しかったかも」

「棘《とげ》があるなぁ、ケンは」

倫太朗は苦笑いを浮かべて、律を車の方に促した。

疲れているなら外で食べていってしまおうかと倫太朗が言ってくれたが、二人のおかげで元気を取り戻した律は、当初の予定通りステーキの焼き手を申し出た。

律も滅多にステーキなど焼かないので、少し不安はあったが、いい肉はテクニックいらずで、塩胡椒《こしょう》をしてさっと焼いただけでも、充分おいしかった。

律がみっともない姿をみせてしまったせいか、健児はこの間以上に気さくに律に話しかけ、笑わせて、気分を盛り立てようとしてくれた。倫太朗は静かに微笑みながら、律と健児のやりとりを眺めていた。

やがて健児が友達からの電話で自分の部屋にこもると、倫太朗は食後のコーヒーを淹《い》れてくれた。

縁側の廊下に並んで座って、薄暗い庭をぼんやり眺める。網戸からゆったりと風が通り、ジイジイと初夏の夜特有の虫の鳴き声が聞こえてくる。

「実家でなにかあった?」

さっきのことを蒸し返されて、律は視線を伏せた。

「すみません。お恥ずかしいところをお見せしました」

「しっかりしてる子だなって思っていたから、びっくりした」

「全然しっかりなんてしてないです」

尊敬する相手に、自分の見苦しい苦悩など打ち明けるつもりはなかった。しかし、夜という時間帯はいけない。しかも、以前、倫太朗が自分の性指向や母親との関係を包み隠さず話してくれたこともあり、胸襟《きょうきん》を開いてくれる人の前では、ついガードが緩くなる。

「母に会うと、いつも気持ちが不安定になってしまうんです。子供の頃から、俺のやることなすこと母の神経を逆撫でして、怒らせてきて、今もその関係がずっと続いている感じで……」

言ってしまってから恥ずかしくなる。

「いい歳《とし》してどうかしてるって自分でも思うんです。でも……抜け出せない」

「わかるよ。いくつになっても、親の存在って大きいよね。聞きにくいけど、横室くんは虐待を受けて育ったのかな」

虐待という強い響きに、律は妙な罪悪感を覚えて、首を横に振る。被害者ぶっているようで、誰かに怒られそうな妄想にとらわれる。

「暴力を振るわれたことは一度もありません。せいぜい、夫婦喧嘩の流れ弾の茶碗《ちゃわん》が飛んでくるくらいで」

冗談めかしたつもりだったが、倫太朗は憐《あわ》れむような目で律を見つめてきた。律はいたたまれず目をそらす。

「母にとっては、愛情が褪《あ》せて憎しみに逆転した父親の血が流れる俺が、癇《かん》に障《さわ》る存在だったんだと思います。何をしてもため息をつかれました。多分性格的にも、合わなかったんじゃないかな。俺ももう成人して、こうして自分で仕事をして生活しているし、母親とは距離を置けばいいいのはわかってるんですけど……」

距離を置かせてくれないのは頻繁に連絡をしてくる母親のせいでもあるが、律自身にも断ち切れない何かがある。

一人息子としての逃れられない義務感。さらに、一度でいいから母親に認めてほしい、ありがとうと言われてみたいという子供じみた願望が、心のどこかにあるのだった。

「きみは若いのにしっかりしていて、気が利《き》いて、『おふくろの味』の天才で、きっと幸せな家庭で愛されて育ったんだろうなって、勝手に思い込んでいたよ」

「西《にし》先生にそんなふうに思ってもらえてたなら、余計なことを言わなきゃよかったな」

律は苦笑いを浮かべた。

「母は一切料理をしなかったので、食事はカップ麺とかばっかりでした。俺の料理は、大人になってからネットでレシピをあさって覚えた、似非《えせ》おふくろの味です」

倫太朗はしばし黙り込み、やがて低い声で言った。

「仕事がらみで、虐待について取材したことがあるけど、子供にネガティブな言葉しかかけず、栄養のある食事を与えないのは、立派な虐待の一種だよ」

律も薄々そう思うことはある。自分の親は世にいう「毒親」で、あの時間は虐待だったのだ、と。

一方で、それはただの被害妄想ではないかと思う自分もいる。原因は母親ではなく、いたらなかった自分の方にあったのではないか。

「でも、母の言い分は、いちいちその通りだったんです。だから機嫌が悪くなるのも無理のないことで、もっと理想に叶う息子だったら、母も不機嫌にならずにすんだんじゃないかなって」

倫太朗はコーヒーカップを床の盆の上に置き、同情するような目で律を見た。

「こういう言い方もどうかと思うけど、その思考回路は、虐待やDVを受けた人が陥りがちな典型的なパターンだよ」

そう言われると、それもまたその通りな気もする。

「お母さんの理想がどんなふうかはわからないけれど、きみはその歳にしては立派すぎるくらい立派に自分の力で生きてる。熱意を持って仕事をして、独学で料理の腕を磨いて。尊敬に値するよ」

褒《ほ》めてもらえてとても嬉しいのに、自分の中の誰かが、いい気になるなと罵ってくる。おまえの本性はそんなに善良じゃないだろう、と。

「仕事に熱意があるように見えるとしたら、ただ誰かに褒めてほしい一心です。親からもらえなかった言葉を、お客様からもらおうとしている、貪欲であざとい人間なだけです。料理だって、一人で幸せな家庭の食卓を再現して、幻想に浸っているだけで」

「そんなことはないし、もしそうだとしても、まったく悪いことじゃない。ネガティブな経験をポジティブに転換して、仕事や生活に生かしている。むしろ素晴らしいことだよ」

「でも……」

でも、だけど、と自分を否定する根拠を自分の中に探すのが習い性になっている。

自分を蔑む的確な言葉を探しあてる前に、倫太朗の手が、やさしく律の肩に回された。

薄いシャツから、倫太朗の大きな手のひらのあたたかさが、じわりとしみこんでくる。それはそのまま、倫太朗の心のあたたかさのようだった。

「きみはとても頑張ってる。すごいよ」

不意打ちにまたうっかり涙が出そうになって、律は慌てて唇を噛んでごまかした。

褒められたい、認められたい、そんな一心で生きてきたのに、尊敬する人からもらえた嬉しい言葉は、まるで食べたことのない高級な食べ物のようで、味わい方がわからない。

「俺は……そんな……」

「きみがそんなことないって言っても、僕にとってはそんなことあるんだ。きみとの出会いで、僕や弟がどれだけ救われたかわかるかい？」

「救うなんて……ただステーキ肉に塩と胡椒をふって焼いただけです」

泣きそうなのをごまかすために、わざと冗談めかしてはぐらかすと、倫太朗は笑いながら律の肩を叩いた。

「僕らは、それすらできないダメな兄弟なんだよ。僕はきみに出会えてよかった。弟があんなふうに笑う顔をまた見られるとは思わなかったし、きみといるとこの家が、母がいた頃のように彩《いろど》りを帯びてくる。本当にありがとう」

別段何をしたわけでもないのに、そんなことを言ってくれて、ただ生きているだけなのに「頑張っている」と褒めてくれる。

味わったことのない感情に、胸が震えた。

味わったことがないといえば、こんなふうに人からやさしく触れられることも初めてだった。驚くほど子供に関心がなかった父親は言うに及ばず、母親からも、抱きしめられたり手を繋いだりした記憶が一切ない。

恋愛経験もないので、誰かと肌を触れ合わせたこともない。

人の体温がこんなにあたたかくて、癒されるものだとは知らなかった。

癒されると同時に、妙に緊張もする。不自然に高まる動悸《どうき》や、急に滲《にじ》んできた汗に、気付かれたらどうしよう。慣れないことに動揺している自分がなんだか恥ずかしい。

「おいタラシ！　未成年の弟がいる家で、男を口説くとかサイテー」

後ろから健児の声がして、律は畳の上で飛び上がりそうになった。

「ちっ、違うんだ、これは……」

慌てて振り向いて言い訳しようとすると、健児が寄ってきて眉根を寄せる。

「また泣いてる」

「な……泣いてないからっ」

「うそ。泣き虫でしょ？」

高校生にからかわれて、つい真剣に反論してしまう。

「物心ついてから、泣いたのなんて今日が初めてだから！」

それには健児だけではなく倫太朗も驚いたような顔になる。

「そうなの？」

二人の反応が意外で、律は思わず聞き返す。

「普通、そうじゃないですか？」

「僕は思い出せるだけでも四、五回はあるけど」

「俺は数えきれないくらいある」

泣くなんて恥ずかしいことだと思っていたのに、二人にあっさりそう言われて、今度は律が驚く。

子供の頃には泣きたくなるような出来事があまりに多すぎて、逆に泣くタイミングがどこなのかわからなかった。就職してからは、親との底なし沼のような関係と違って、仕事は努力すれば感謝もされ、幸せな気持ちにもなれて、それなりに大変なことはあっても、泣きたくなるようなことはなかった。

自分の涙のスイッチが意外なところにあると知り、律は面食らっていた。

「もしかして、兄貴に口説かれて、嬉し涙？」

「違うよ！」

「じゃあ、嫌すぎて泣けちゃったとか？」

「口説かれたりとかしてないから」

からかっているのか探っているのかわからない健児に、むきになって言い訳していると、倫太朗が笑いだした。

「やきもち焼くなよ、ケン」

「なにがやきもちだよ！」

焦点が兄弟のじゃれあいに移行したのにほっとして、律は倫太朗からそっと離れた。

健児はいろいろ茶化してくるが、倫太朗は最初からそういうつもりはないと明言しているし、律だってそれくらいのことはわかる。異性愛者が、すべての異性を恋愛対象にしているわけではないように、ゲイだって男なら誰でもいいはずがない。

自分が倫太朗の好みに合うとうぬぼれるほど、律は能天気ではない。倫太朗ほどのスペックならば、相手はよりどりみどりだろう。自分が対象外なのは当然だ。

それはそれとして、ゲイだとわかっている相手のスキンシップを少しも嫌だとは思わずに、むしろ癒されたりドキドキしている自分はなんなのだろう。

自分が同性にときめくなんて、想像したこともなかった。

ならば今まで女性にときめいてきたかといえば、それすらない。そもそも、恋愛をしたこともなく、恋愛感情を抱いたこともない。恋というのがどんなものか、想像もつかない。

存在を認める言葉をかけてもらって、やさしいスキンシップをされたら、誰だってドキドキするし、嬉しいだろう。これはまったく普通のことだと、律は自分を納得させた。

帰りはまた、倫太朗が車で送ってくれた。気まずい涙の件には触れず、健児が小さい頃の話を面白おかしく聞かせてくれたりして、律のアパートまではあっという間だった。

「疲れてただろうに、つきあわせちゃってごめんね」

「いいえ、すごく楽しかったです。まっすぐ帰らずにすんで、逆にありがたかったです」

お礼を言って車を降りようとすると「待って」と引き留められた。

「忘れるところだった」

後部座席から物を取ろうと身をよじった倫太朗の顔がすぐ近くに来て、薄暗い車内で見てもかっこいいなと、ちょっとドキドキしてしまう。

「はい、どうぞ」

渡されたのは、西倫太朗著の、見たことのないカバーの単行本だった。

「もしかして新刊ですか？」

「昨日、著者見本が届いてね。きみが好きだって言ってくれた『八乙女町《やおとめちょう》』シリーズじゃないんだけど、よかったらどうぞ」

「確か発売日って、まだ十日くらい先ですよね？」

「うん」

「うわぁ……。すごい。まだお店で売っていない新刊を読めるなんて、夢みたいです」

「そんなふうに言ってもらえると嬉しいな」

表紙をめくると、為書《ためがき》入《い》りでちゃんとサインまで入っている。

「どうしよう。俺、西先生に出会ってから、人生の幸運をすべて使い果たしたんじゃないかって心配になります」

倫太朗はふっと笑った。

「かわいいね」

そう言って、頭をぽんぽんと撫でてくれた。

とたんに心拍数が上昇する。

なにこれヤバい。肩を抱かれたときといい、なにをドキドキしてるんだよ。

いや、憧《あこが》れの作家にこんなファンサービスをされたら、性別など関係なく誰でもドキドキするに決まっている。

「早速、今夜拝読します」

高揚感は、新刊を一足先に読める喜びからだと自分に納得させるように言うと、倫太朗はやさしい顔で笑った。

「今日は遅いし、疲れてるだろう。早くおやすみ」

倫太朗の声の余韻に酔いながら、車を見送る。

おかえり。おやすみ。

やさしい人がやさしく言ってくれる言葉は、なんてあたたかいのだろう。

実家に帰った日は、大概気分が塞いで鬱々としてしまうのに、今日は穏やかな気持ちでアパートの外階段を駆け上がった。

5

「あくび」

八代《やしろ》にぼそっと指摘されて、律《りつ》は慌てて背筋を伸ばした。

客のまばらな平日の昼下がり。気付かれないようあくびを噛み殺したつもりだったが、昼休憩から戻ってきた八代に見つかってしまった。

「珍しいわね、横室《よこむろ》くんが仕事中にあくびなんて」

「すみません」

「なにか悩み事でもあって眠れなかった？」

「いえ、ちょっと小説に夢中になってしまって……。気を付けます」

律が神妙な顔で正直に答えると、八代はふっと表情を緩めた。

「真面目な横室くんでも、睡眠不足になるほど読書に熱中しちゃうことがあるのね。まあ、お昼休憩に行って、コーヒーでも飲んでらっしゃい」

「すみません」

八代と交代で、律は昼休憩に出た。

先日、倫太朗《りんたろう》からもらった本はその後二晩ほどで読んでしまい、拙《つたな》い文章ながら倫太朗にラインで感動と興奮を伝えた。倫太朗からは『光栄です』という返信があったが、光栄なのは律の方だった。本人から新刊をもらえて、しかも直接感想を伝えられるなんて、なんて幸せなことだろう。

あまりに面白かったのと、自分の覚えにつけている読書アプリに感想を書いておきたかったのとで、昨夜もう一度ざっと読み直そうとした。だが、ざっとでは終わらなかった。読み始めたらまた夢中になってしまい、空が白み始めるまで読《よ》み耽《ふけ》ってしまった。

おかげで今朝は寝過ごし、弁当を作る時間がなかったので、一階のカフェでお昼を食べることにした。

ランチの前に、カフェの向かいのＡＴＭコーナーに立ち寄る。いつものように、母親に送金する日だった。

先日帰省したとき、あてが外れたようなことを言われたのも気になっていたし、実家から戻ったあと、楽しい思いをしてしまったことに罪悪感を覚えてて、罪滅ぼしに、今月からアップした金額にさらに五千円ほど上乗せする。

昔から母親は、律が楽しんでいるといつも不機嫌になった。

『あなたはいいわね。のんきにテレビなんか見て』

『遠足だなんていいご身分ね。こっちは身を粉にしてその費用を稼いでいるっていうのに』

事あるごとにそう言われ続けているうちに、楽しいことはいけないことのように思えてきて、楽しいことがあった日には、漠然とした不安と罪悪感に襲われる。

金額を打ち込んでいると、後ろからとんと肩をぶつけられた。

ATM強盗かと思って驚いて振り返ると、制服姿の健児《けんじ》が人懐《ひとなつ》こい笑みを浮かべている。

「横室さん、みっけ。マジでここのモールで働いてるんだね」

「健児くん。学校は？」

「今日は部活の壮行会で、半日授業。ヨコムロトシエって横室さんのお母さん？」

無邪気にATM画面を覗き込んできた健児は、すぐにしまったという顔になる。

「あ、悪い。こういうの見ちゃいけないんだよね。暗証番号とかもあるしさ。兄貴がいたら叱られるところだった」

素直な健児がかわいくて、思わず笑顔になってしまう。

「気にしないで。そう、母なんだ」

さらっと答えて、話の矛先をかわす。

「健児くん、お昼はもう食べた？　それとも帰ってから？」

「いや、フードコートで何か食べて帰ろうと思ってたとこ」

「だったら、一緒にどう？　俺も昼休憩なんだ。そこのカフェでもよかったら、ご馳走するよ」

「え、マジ？　ラッキー」

変に遠慮したりしない高校生らしさが好ましい。

セルフのカフェで、それぞれにトレーに取ったフードメニューとドリンクの代金を、律がまとめて支払い、隅の席で向かい合った。

「ありがとうございます」

ペコッと律儀に頭をさげて、早速サンドイッチの包みを開きながら、健児はいたずらっぽく言う。

「社会人のカレシっていいな、リッチで」

「いや、リッチだったら、もっといいものをご馳走できるんだけど」

実際、母親への送金のため、律の懐具合はあたたかいとは言い難い。

「リッチじゃん。俺、友達とだったら質より量のフードコートだもん。おしゃれカフェにはなかなか入れない。あ、でもさ、リッチでも、あれだけお母さんにお金送ってたら大変だね」

どこまでも無邪気に言って、健児はアイスココアに視線を落とす。

「孝行できる親がいるって、ちょっと羨《うらや》ましくもあるけどね。俺、全然いい息子じゃなかったから さ。こんなに早く母さんが死んじゃうってわかってたら、もっといろいろやさしくしたのにな」

健児の呟きに、胸が痛くなる。前に倫太朗にも言われた。お母さんを大事にしてね、と。

孝行できる相手がいるのに、嚙み合わない自分の腑甲斐《ふがい》なさが情けない。

律の表情をどうとったのか、健児は慌てたように言う。

「あ、ごめん。変なこと言って。俺、こんなこと人に言ったことないのに、横室さん相手だと、つい……。あとさ、最初に会ったとき、いろいろ失礼なこと言ってごめんなさい」

素直に謝られて、律の方が面食らう。

「いや、そんな……」

「昔から兄貴はモテたけど、人気作家になってからは、ストーカーまがいのファンとかもいて、つい底意地の悪いこと言っちゃった」

「大事なお兄さんだもん。心配になるのは当然だよ」

健児はムッとした顔になる。

「大事とか心配とか、全然そういうんじゃないから。兄貴がチャラチャラしてるのが、ただムカついただけ」

思春期。反抗期。そういう時期だとは思うけれど、あんなにやさしい兄に健児が過剰に反発するのが少し気になる。

「健児くん、お兄さんが嫌いなの？」

健児はサンドイッチをアイスココアで飲み下しながら、考え込むように視線をさまよわせた。

「俺が嫌いっていうより、向こうが俺のことをお荷物だって思ってるんじゃない？」

意外な思い込みに驚いた。

「西《にし》先生は、健児くんをすごく大事にしていると思うけど」

「未成年の身内に対する義務を果たしてるだけだよ」

そんなふうには見えない。倫太朗は心底弟を心配し、大切に考えていると思う。

でも、律は所詮《しょせん》、よく事情を知りもしない部外者だ。律にとって倫太朗は憧《あこが》れの作家で、申し分のないやさしい人物に見えるが、健児には健児の感じ方があるはずだ。律と母のように、当人同士にしかわからないしがらみや抑圧というものはある。

気になるけれど、あまり立ち入ってはいけないことかもしれない。

それ以上何も言わずに、律がコーヒーにミルクを入れて混ぜていると、健児がぼそっと言った。

「兄貴のことは嫌いじゃない。嫌いじゃないから、迷惑をかけているのがイヤになって、自分にイライラする」

律はコーヒーから視線をあげた。

「迷惑だなんて」

「俺がいなきゃ、こんな田舎に帰ってくることもなくて、ずっと東京で仕事できたのに」

健児がそんなふうに負い目に思うほど、倫太朗はここでの暮らしを負担に思っているようには見えない。

「でも、西先生の仕事は、どこに住んでいてもできるでしょう？　打ち合わせだって原稿のやりとりだって、今は直接会わなくてもできちゃうんだろうし」

「兄貴は東京が好きなんだよ。母さんが亡くなるまでは、帰省だって年に数回だったもん」

倫太朗は、性指向のことを母親に泣かれ、帰りづらかったと言っていた。健児も倫太朗の性指向については知っているようだが、そんな詳細までは聞いていないのかもしれない。

「健児くんが東京に行くことは考えなかったの？」

健児は気まずそうに視線を泳がせた。

「最初、兄貴にも来ないかって言われたけど、転校して友達と離れんの、嫌だったし」

そう言って、指で髪をぐしゃぐしゃとかき回す。

「わかってるよ、どうせ俺がわがままだって思ってるんだろう？」

「そんなこと思ってないよ。高校で転校するのは確かに大変だよね」

　律自身は、離れたくないほど仲のいい友人を持った経験がなかったので、そんな健児が少し羨ましかったし、健児にいい友人がいることを嬉しく思った。赤の他人の律がそう思うのだから、実の兄の倫太朗が悪いふうにとるわけがない。

「あのね、西先生が最初に俺を自宅に誘ってくれたのは、俺のクッキーを健児くんが気に入ってくれたからなんだよ。健児くんの喜ぶ顔が見たいから、作り方を教えてほしいって」

　驚いたように健児が視線をあげる。

「……俺が？」

「うん。迷惑だとかお荷物だとか思っている相手のために、メガネ店の店員に頭を下げてそんなことを頼んだりすると思う？」

　健児は思案顔でグラスの氷をストローの先でつつく。

「……確かに、迷惑だって顔をされたことは一度もないけど、大人だから本心を隠してるのかと思ってた」

「本当に思っていることは、大人だって絶対に滲《にじ》み出《で》ちゃうものだよ」

「そうなのかな」

　健児は自分の中の何かを探すようにポツリポツリと言う。

「多分さ、俺、自分がお荷物って勝手に思ってて、そのことで腹を立てて、どうせお荷物だしって、兄貴に八つ当たりしてるのかも」

「どうして健児くんは自分のことをそんなふうに思うの？」

健児はデザートのチョコレートケーキに、フォークを突き立てた。

「俺ね、あんまり本を読むの好きじゃなくて、兄貴の小説もほとんど読んだことないんだけど、気になるから、ネットのレビューとかは拾い読みしてんの。そんでさ、結構作風の変化にケチつけられてるのを見ちゃって」

それは律も気になっていたことだ。芳川《よしかわ》賞受賞作のファンだった人の中には、最近の作風に納得しかねている読者もわずかだがいる。

『八乙女町《やおとめちょう》』シリーズに関してもそうだし、新作のレビューでも、やはりねちねちとマイナス意見を書いている人はいた。

「金にならない純文学には見切りをつけて、売れ筋に走ってるとか書かれてるのを見て、ショックだった。それって、俺のせいなんじゃないかって」

健児が読んだレビューも、律が見たものと同じらしい。

「どうして健児くんのせいなの？」

「俺はさ、子供の頃から、高校出たら働こうって思ってたの。母さんに苦労かけたくないし。そしたら母さんが、経済的なことは心配いらないからって。お兄ちゃんが毎月結構な額を送ってくれて、それを進学資金に積み立ててるから、って」

怒ったような上目遣いで、健児は律を見た。

「純文じゃ生活できないって聞いたことがある。兄貴はきっと、家族のために、路線変更したんだと思う。そのせいで、守銭奴みたいに書かれてるのが、めちゃくちゃ悲しいし、腹立つし、兄貴の志を曲げさせたことに対して、申し訳ない気持ちになる」

律は、想い合う兄弟のやさしさに心を打たれた。

それと同時に、疑問も湧いてくる。

「本当にそうなのかな」

「え？」

「ちゃんと西先生に確かめた？」

「……訊けるわけないだろ、そんなの。兄貴はどうせ俺に気をつかって、そんなことはないって言うだろうし、逆に正直にその通りだって言われたら、立ち直れないし。どっちにしても訊いてもいいことなんてないよ」

健児の立場からすれば確かにそうかもしれない。

律は、自分を夢中にさせるあれらの作品を、倫太朗が渋々書いているとは思えなかった。作者がいきいきと楽しんで書いているのが伝わってくる小説ばかりなのだ。あるいは、内心不本意な路線変更であっても、それを感じさせないように書けるのがプロなのだろうか。

「俺は先生の全作品を拝読しているけど、『帰らざる午後』よりも、最近の作風の方が好きだな」

健児はじっと律を見つめてきた。

「……マジで？」

「『帰らざる午後』は名作だし、根強いファンがいるのもわかる。でも、繰り返し読みたくなるのは、最近の本なんだ」

健児の表情が和らぐ。

「横室さんがそう言うなら、俺も読んでみようかな。おすすめとかある？」

「全部面白いよ。最新作もめちゃくちゃ面白かった！『八乙女町の人々』っていうシリーズものも大好き」

健児は眉間《みけん》にしわを寄せる。

「シリーズものはハードル高いな」

「読み始めたら面白くて止まらなくなるよ。よかったら貸そうか？」

前のめりに言ってしまってから、我に返る。

「貸すってなに言ってるんだろう。健児くんの家の本棚に、全巻揃ってるよね」

「面白いね、横室さんって」

健児は笑って、チョコレートケーキをきれいに平らげた。

「横室さん、下の名前なに？」

「律」

「じゃあ、りっくんって呼んでいい？　横室さんって言うとき、いつも舌がもつれそうになる」

「りっくん……？」

唐突な愛称呼びに、思わず戸惑いの声を出してしまう。

「あ、ダメ？　じゃあ律さんならいい？」

「いや、いいよ、最初の方で」

「ラッキー。じゃあ。りっくん」

健児が心を開いてくれているのが伝わってきて、くすぐったくて少し照れるけれど、嬉しい。

「ねえ、りっくんはさっきああ言ってくれたけど、兄貴は本当にこっちに戻ってきたのを後悔してないと思う？」

「うん。絶対に」

「でもさ、恋人とかいなかったのかな。俺のせいで別れてたりしたらどうしよう」

「本当に好きな相手とは、そんなことで別れたりしないよ。東京まで日帰り圏内なんだし」

健児の心配を払拭《ふっしょく》するために断言してみせたが、恋愛経験皆無の律に本当のところはわからない。

あれだけハイスペックな男が、モテないはずがない。現在進行形の恋人だっているかもしれない。

でも、想像しようとすると、頭の中にもやがかかる。男同士のカップルを実際に見たことがないから、想像しにくいのかもしれない。

なんとなく店の中を見回すと、通路側の席に一人で座っている若い男が目に入る。イケメンというよりは美人と呼びたくなるような、きれいめな男性客。

あんな感じだったら、違和感はないのかなと、脳内で倫太朗の横に並べてみる。

絵になるビジュアル。でもやっぱりモヤモヤする。なんだか許せないような気持ちが湧き上がってくる。

もしかして自分は、性的マイノリティの人に対して、知らないうちに偏見を抱いていて、だからこんなにモヤモヤするのだろうか。だとしたら、考えを改めなくてはと反省していると、店の向こう側の入り口から、健児と同じ制服を着たほっそりとした少年が、こちらを目指してうずうずしたような笑みを浮かべてやってくる。

友達かなと健児に確認しようとしたら、それに気付いたらしい少年が「言わないで」というように唇に人差し指をあてた。

忍び寄ってきた少年は、真後ろから健児の両目を塞ぐ。

「だーれだ」

明らかに作り声の裏声を出す。健児は驚いたふうもなく相手の細い手首を握り、「まっすん」と断言した。

「なんだよ、つまんない」

友達は不満と笑みを両方たたえた顔で、後ろから健児の首にじゃれつく。

男子高校生同士のじゃれあいは微笑ましく、まったく嫌な感じがしない。そんなたとえをしたら二人に怒られそうだが、仮に彼らがカップルだとしても、偏見など少しも感じないし、好意的な感情しか湧いてこない。

それならどうして、倫太朗にはモヤモヤするのだろう。

「健児、イケメン執事とデート？」

少年が律にも聞こえるようなヒソヒソ声で、健児に訊ねている。

「兄貴の友達のりっくん。執事じゃなくて、上のメガネショップの人」

「ああ、見たことのある制服だと思った。俺、健児のクラスメイトの町田真人《まちだまさと》です」

少年は人懐っこい笑顔と会釈をよこすと、手にしていたスマホの画面に目を落とした。

「あ、バスの時間ヤバい。またな！」

突然やってきたと思ったら、あっという間に去っていく。その賑やかな勢いに圧倒されているのは律だけのようで、男子高校生にとっては日常茶飯事なのか、健児はなにごともなかったように元の話題に戻った。

「ねえ、りっくん。兄貴にさりげなく訊いてみてくれない？」

「え？」

「兄貴につきあってる人がいんのか、俺のせいで別れたりしてないか。それとなくリサーチしてくれたら助かる」

健児がどう思っているのかはわからないが、律はそこまで倫太朗と親しいわけではない。そんな立ち入ったことを、しかもさりげなく訊くなんてハードルが高すぎると思ったが、期待に満ちた健児の目を見てしまうと断りづらい。

「うまくできるかわからないけど、なんとか探ってみるよ」

律の方から会う約束をとりつけるような関係ではないので、あくまで今後また倫太朗から声がかかって、話をする機会があればだけれど。

あやふやな約束を交わして、律は健児と店の前で別れた。

機会は意外にも早く訪れた。

予定のない休みがあったら、買い物につきあってもらえないかと、倫太朗からラインがきた。

『もうすぐケンの誕生日なんだけど、ケンはきみに懐いてるし、きみの方が歳《とし》が近いから、選ぶのを手伝ってもらえるとありがたい』

倫太朗が、まるで本当の友達のように気さくに誘ってくれることに密かに感激する。

休日には、総菜の作り置きをするくらいしかすることがない律は、早速次の休みに約束を入れた。

梅雨の晴れ間の蒸し暑い朝、倫太朗は車で迎えに来てくれた。

このあたりでいちばんショップが充実した場所といえば、律の勤め先があるショッピングモールだが、なにもかもを手近のモールで間に合わせるのも芸がない。倫太朗の提案で、今回は隣県のアウトレットモールまで足を延ばすことになった。高速を使えば、一時間ほどで着く。

強い日差しのせいか、運転席の倫太朗は珍しくサングラスをかけていた。律のショップで売っているのとは、桁《けた》がひとつ違うブランド物だった。

「サングラス、かっこいいですね」

「ありがとう。頂き物なんだけどね」

頂き物という言葉が心に引っかかる。こんな高価なサングラスをプレゼントするのは、恋人だろうか。

変な勘繰りをしてしまった自分がうしろめたくて、それを隠すように、律はことさらに明るく言った。

「お忍びの有名人みたいです。みたいっていうか、実際そのものですけど」

「別に忍んでないし、有名でもないんだけど」

倫太朗は笑って、なめらかなハンドリングで高速を走らせる。車を持っていない律は、高速道路を利用する機会がほとんどないので、切り拓《きひら》かれた山中を抜けていく、自然と近未来が融合したような景色がとても新鮮だった。

先日もらった本の感想は、ラインでは伝えてあったが、あれから直接会うのは初めてだったので、拙い言葉であれこれと感動を伝えた。

本人に直《じか》に感想を伝えられる幸運に高揚しているうちに、車は広々としたアウトレットモールの駐車場に到着していた。

倫太朗は慣れた足取りで、駐車場からモールに続く歩道橋へと律をいざなう。

「よく来るんですか？」

「よくっていうほどじゃない。帰省したときに、家族を連れて何度かね。横室くんは？」

「俺は初めてです」

倫太朗は階段の手前で足を止めて、探るような目で律を振り返った。

「もしかして、こういう場所はあまり好きじゃない？　勤務先も商業施設だし、休みの日くらいもっと静かなところで過ごしたかったかな」

「いえ、大好きです！」

勢い込んで言ったら、倫太朗がサングラスを外して、驚いたような顔を向けてきた。あまりにハイテンションすぎたかと、ちょっと恥ずかしくなる。

「車も持ってないし、高価なブランドとかは興味がないので、アウトレットモールには来たことがないですけど、こういう商業施設は大好きです。仕事が休みの日も、わざわざ勤務先のモールに出かけるくらい」

「意外だな」

「勝手な思い込みかもしれませんけど、ショッピングモールって、幸せな人が集まる場所じゃないですか」

律は、家族でこういう場所に出かけた記憶が皆無だった。

「明確に買い物だけがしたいなら、ネットの方が便利だったりする時代に、わざわざだだっ広いモールに来る人って、そこをブラブラすること自体を楽しみに来るっていうか」

「ああ、それはわかる」

「全員がそうってわけではないでしょうけど、基本、時間にも気持ちにもゆとりがある人が、家族とか友達とか、もちろん一人でも、楽しみに来る場所で、だから俺、その空気感がすごく好きです。今の職場もとても楽しいですし」

倫太朗は目を細めて微笑む。

「いいね。なんだか商業施設を舞台にした小説が書きたくなってくるな」

「読んでみたいです！」

「じゃあ、取材を兼ねて、端から順番に攻略しようか」

取材というのは冗談だろうが、楽しそうに言う倫太朗につられて、律も心がさらに浮き立ってくる。

律の勤務先の屋内型の商業施設と違って、アウトレットモールは外国の洒落た街並みを模して、すべての店舗が屋外に面している。

汗ばむような初夏の日差しと、冷房の効いた店内の空気を交互に味わいながら、モールをめぐるのは楽しかった。

おしゃれでカラフルなショーウインドウ。噴水の周りではしゃぎ声をあげる小さな子供たち。パラソルの下のベンチで休憩をするペット連れの客。まったくもって、幸せな成分だけでできあがった場所だ。

場の雰囲気を楽しんでいるうちに、あっという間にお昼になってしまった。ひと休みしようということになり、比較的人が少ないベーグル専門店のカフェに立ち寄る。

律が席を取っている間に、倫太朗がベーグルサンドと飲み物のセットを買ってきてくれた。自分の分を払おうとすると、倫太朗は笑って取り合わない。

「つきあってもらってるんだから、こっちが持つのが当然だよ。……ってベーグルひとつで言っても様にならないから、チョコレートショップのアイスクリームと、カフェのケーキセットもはしごしようよ」

「そんな……」

「そういえば、この間はケンがモールのカフェでランチをご馳走になったんだってね。ありがとう」

ふと思い出したように倫太朗が言う。

「いえ、すごく楽しかったです。健児くん、人懐こくてかわいくて、俺もあんな弟が欲しかったです」

「ケンもすごく横室くんに懐いてる。りっくんって呼んでるんだってね。最初、誰のことを言ってるのかと思ったよ」

そう言って、倫太朗はテーブル越しに身を乗り出してきた。

「僕を飛び越して二人が仲良すぎて、ちょっと嫉妬した」

「実のお兄さんに対しては、照れもあるんじゃないでしょうか」

律が言うと、倫太朗は間近に律を見つめて言った。

「僕も『律くん』って名前で呼んでいい？」

「え？」

あれ？　嫉妬ってどっちに？

いや、もちろん嫉妬は弟のことに関してで、それはそれとして、ところで名前で呼んでもいいかな、って話だよね？

頭の中でぐるぐる考えているうちに、変な間があいてしまった。

「ごめん、嫌だったらやめておくよ」

その間を誤解したらしい倫太朗が、端整な顔に苦笑いを浮かべる。

律は慌てて首を横に振った。

「違います！　嬉しいです。ぜひ名前で呼んでください！」

言ってしまってから、今度は勢い込みすぎた自分に焦る。倫太朗と一緒にいると、どうもテンションがおかしくなってしまう。

恥ずかしいので話題を変えようと、頭の中を探る。そういえばこの間、健児に、倫太朗に訊いておいてほしいと頼まれたことがあったなと思い出した。

「あの、西先生、おつきあいされている方はいますか?」

口にしてしまってから、さらなる冷や汗に見舞われる。

確かに頼まれてはいたけれど、このタイミングでこんなに直球で切り出すような話題ではなかった。

名前を呼んでほしいとせがみ、恋人はいるのかと訊ね……。これではまるで、モーションをかけているかのようではないか。

倫太朗は少し驚いたような顔で律を見つめてくる。

「どうしたの、いきなり」

どうしよう。健児は多分、自分の名前は出さずにそれとなく訊いてほしかったのだと思う。でも、このままではあらぬ誤解を生んでしまいそうだ。

律が恐れたのは、誤解自体ではなかった。その誤解のせいで、倫太朗に距離をとられることだ。

意外な出会いから始まった交流は、気付けば律にとってなによりの楽しみになっていた。

よからぬ感情を抱いていると誤解されて距離を置かれるのは、とても淋しい。

正直に話してしまおうか。

自己保身のためだけでなく、健児がそういう心配をしていると倫太朗が知ることも、兄弟の関係にはいいような気がした。

「すみません、俺、こういうの、どうもうまく立ち回れなくて。実は健児くんから、西先生の恋人事情を探ってほしいと頼まれて」

倫太朗は目を見開いた。

「ケンに？」

「健児くん、自分のせいで先生が東京での交友関係を絶ったんじゃないかとか、より売れ筋の作風に不本意な路線変更をしたんじゃないかって、気を揉んでました」

「あいつがそんなことを？　でも路線変更って、ケンは僕の本なんてまったく読まないのに」

「お兄さんのことが気になって、ネットのレビューなんかはチェックしているらしいです」

倫太朗はふっと微笑む。

「意外だな、気にしてくれていたなんて。最近は態度がとげとげしいから、嫌われているのかと思ってた」

律は首を横に振った。

「逆だと思います。大好きだから、自分のせいで先生に不本意な生活を強いてるんじゃないかって気に病んでるみたいです」

そうか、と倫太朗は頷き、律に視線を向けた。

「律くんもそう思ってた？　僕が書きたくもないものを金のために書いてるって」

　初めて名前で呼ばれたことにドキドキしながら、律は「いいえ」と率直に答えた。

「俺は作風が変わってから読み始めたファンですけど、すごく楽しんで書かれていると思って読んでいました。もちろん、それはこちらの願望であって、実は不本意だったってこともあるかもしれませんけど、不本意なのにあんなふうに書けるなら逆にすごいなって。……すみません、なに言ってるんだろう、俺」

「いや、言わんとするところはわかるよ。ありがとう」

　倫太朗は、やさしく笑ってくれた。

「幸か不幸か、僕はそんなに器用な人間じゃない。不本意なものを楽しいふりをして書くほどのテクニックは持ち合わせていない。執筆中は苦しいときもあるけど、基本、自分がいちばん楽しいと思っているものを書いているよ」

「よかった」

「律くんも心配してくれていたの？」

　律は少し考えて、言葉を選びながら言った。

「初期の作品を熱烈に支持している読者さんもいるので、そういうのを見ると、ちょっと……」

「ああ、確かにね。芳川賞をもらった作品も、あれはあれで、自分なりにそのときのベストを尽くして書いたし、感動したと言ってくれる人がたくさんいたのも嬉しかった。でもね」

倫太朗は眉尻を下げた。

「母に、つらくて読み返せないって言われたんだ。あまりにもよく書けていて、真に迫っているからこそ、再読できないって。確かに、あれは実体験を元にしているから、特に母にはしんどかったんだと思う」

律も同じ読後感だったことを思い出す。

「実体験だったからっていうだけじゃない。体験の中でも、いちばんつらい感情にスポットを当てて書いたんだ。当時は今以上に青くて、絶望とか悲しみを掘り下げることに興味があった。負の感情に共感させて、泣かせることが文才だと、多分心のどこかで思っていた」

「……実際、それはすごい才能だと思います」

倫太朗は顔の前で指を組んで、少し考える表情になる。

「あくまでこれは僕個人の場合だけど、泣かせるよりも、笑わせる方が難しいなって思うんだ。極端な話、重篤《じゅうとく》な病とか、悲惨な境遇を描けば、多くの人は涙する。だけど笑いに関しては読者の判定はもっとシビアだ」

言われてみればそうかもしれない。

「どっちがいいとか悪いとかいう話じゃない。泣かせる素晴らしい作品もたくさん知ってる。でも僕は、楽しい話を書いていきたいと思ったんだ。僕にとっては、売れ筋への路線変更どころか、今まで安定して書いてきたものを捨てての、新しい挑戦だった。だから、徐々に新しい作風に支持が増えて、逆にそういう勘繰りをされるようになったときは、感無量だったよ」

冗談めかして言う。

律が好きな小説を、倫太朗が本当に書きたくて書いているとわかって、とても嬉しかった。

倫太朗は、なにか楽しいことを思いついたような、あたたかくいきいきとした瞳で律を見た。

「さっき、きみの話を聞いたときにふと思ったんだけど、僕はショッピングモールみたいな小説を書きたいのかもしれない」

「ショッピングモール?」

「そう。幸せな人が集まる場所って、律くん言ったよね。もちろん、その人たちにだって、つらいことや悲しいことはあると思う。でも、僕は負の感情に共感してもらうんじゃなくて、プラスの感情を喚起させるものを書きたいんだ。読むとじわっと楽しくなるようなものを提供できる作家でありたい」

「俺にとって、西先生はまさにそんな存在です」

律は嬉しくなって前のめりに言った。

「ありがとう」

倫太朗は少しはにかんだように言って、コーヒーを一口飲んだ。

「そうそう、もうひとつの質問だけど、東京に残してきた恋人はいないよ」

律は口元に運びかけていたベーグルサンドを止めた。

「そうなんですか」

「うん。もうここ三年くらい、フリーだ」

自分からした質問ではあるが、それに対してどう反応したらいいのかわからない。

それはよかったですと言うのもおかしいし、それは淋しいですねなどと、恋人いない歴が人生の長さと同じ律が言うのもおこがましい。

なにより、フリーだと聞いて、心のどこかで妙にほっとした自分に戸惑う。

「健児くんも安心すると思います」

ついそんなことを言ってしまってから、ハッとする。

「あ、健児くんには、さりげなく訊いておいてって頼まれたので、俺がペラペラしゃべっちゃったことは内緒にしておいていただけたら……」

言いながら、自分のダメさ加減に頭を抱える。

「なんだろう、これ。内緒って言われたことをペラペラしゃべって、俺が言ったことは内緒でお願いしますとか、噂を広める典型的なパターンですよね」

うろたえる律を見て、倫太朗はふっと笑った。

「かわいいね、律くんは」

倫太朗にしてみれば、滑稽《こっけい》だねという程度のニュアンスだったのだろうが、律は顔が上気するのを感じ、そんな自分に焦ってしまう。

年嵩《としかさ》の女性客から「かわいいわね」とか「ハンサムね」などとお世辞を言われることはたまにあるが、お礼を返してさらっと流すだけで、こんなふうにドキドキするのは初めてだった。

倫太朗は物珍しそうに律を見つめている。

「すみません」

律はもごもごと口ごもって、ベーグルの続きを食べるそぶりで倫太朗から視線を逸らした。

「わかった。ケンには内緒にしておくよ。その代わり、きみからさりげなく伝えておいてもらえるかな。探りを入れてみたら、ケンの想像は杞憂《きゆう》で、本人はただ書きたいものを自由に書いているだけだって」

「わかりました」

「ついでに、恋人もいなくて淋しいようだから、やさしくしてやってって言っておいて。僕が言ったことは内緒でね」

茶目っ気たっぷりに内緒話を茶化したあと、倫太朗は思いついたように訊ねてくる。

「そういう律くんは、彼女はいないの？」

「いないです」

律は即答した。

「モテそうなのにね」

「全然です」

「ちょっと安心した」

「え？」

ドキリとして聞き返すと、倫太朗はやさしく笑う。

「ほら、このところ何かとこっちの用事につきあってもらってるから。彼女がいたら申し訳なかったなって」

そういう意味かと納得し、逆にそういう意味じゃなかったらどういう意味だと思ったんだよと、心の中で自分につっこみを入れる。

倫太朗と過ごしていると、自分の心のありようがわからなくなってくる。

カフェを出たあとは、プレゼント選びに取りかかった。仰々しくなくて、普段使いできるものということで、いろいろ見て回った結果。トラベル用品のメンズブランドショップで、財布を買うことにした。

何点かに候補を絞ったあと、倫太朗は「ベテラン販売スタッフのセンスで選んでもらえるかな」と律に無茶ぶりしてきた。

「メガネと財布は違いますし、メガネだって最終的にはお客様のお好みがいちばん大事なので」

「そうだけど、まあ直感で」

「直感……」

律はためらいつつも、候補の中から二つを選んだ。

「デザイン的にはこのレザーの二つ折りが好きです。ただ、高校生が普段持つなら、こっちのナイロン素材の方が、小銭もたくさん入って使いやすいと思います」

「なるほど」

倫太朗は納得したように頷き、やおら二つとも手に取ると、レジに向かった。

結局ひとつに決めかねて、両方買うつもりらしい。

健児の迷惑そうな顔が脳裏に浮かぶ。でもきっと、表情とは裏腹に兄のやさしさに感激するに違いない。流行《はや》りすたりのないデザインだし、値段に見合って高品質だから長く使える。二種類あっても困ることはなさそうだ。

目当ての買い物を終えたあと、本当にチョコレートショップとカフェをはしごして、日が傾き始める頃に帰途についた。

倫太朗はおしゃべりではないが、話術が巧みで、一日中一緒にいても沈黙が気まずくなったりしない。アパートの前まで送ってもらったときには、なんだか名残惜《なごりお》しくて、もっと一緒にいたかったなどと思ってしまった。

「今日はありがとう」

「こちらこそ、いろいろご馳走になってすみません」

「よかったら、ケンの誕生日にも遊びに来てもらえないかな。ちょうど木曜日だから、律くん、休みの日だよね？」

「ありがとうございます。喜んで」

別れがたさと、また次の約束ができたことの嬉しさと、そわそわふわふわする自分の気持ちに戸惑い、律はそそくさと車を降りた。

それじゃ、とドアを閉めようとすると、倫太朗が先ほどの店のショッパーを「はい」と差し出してきた。

「え？」

「レザーの方は、今日のお礼に律くんに」

律は驚き、目を見開いて固まった。

「そんな……。こんな高価なもの、理由もないのにいただけません」

「理由は今日のお礼って言ったよね？」

「今日は俺の方こそ楽しかったたし、たくさんご馳走になったし」

「僕もすごく楽しかった。それに、思いがけずケンの気持ちを知ることができて、嬉しかったんだ」

倫太朗は満面の笑みで言う。憎まれ口ばかりの弟の本心を知れたことが、本当に嬉しかったのだろう。こんな大盤振る舞いをしたくなるほどに。

分不相応な贈り物を受け取ることに抵抗はあったが、倫太朗の楽しい気分に水を差すのはためらわれた。

律はおずおずと、おしゃれなショッパーを受け取った。

「ありがとうございます。大切にします」

「ガンガン使ってよ。じゃあ、また連絡するね」

倫太朗は、助手席の窓を開けて軽く手を振り、走り去っていった。

自分の部屋に戻ると、律は楽しい気持ちの余韻に浸りながら、おそるおそるショッパーからプレゼントの包みを取り出した。

つやつやのサテンのリボンをほどいてパッケージを開けると、財布を包む黒い不織布の上に、もうひとつ小さな不織布の袋がのっていた。中にはRのイニシアルがついたキーホルダーが入っていた。

律は泣きそうになった。倫太朗にとっては、ほんの軽いお礼のつもりなのだろうが、律は誰からこんな本格的なプレゼントをもらうのは、生まれて初めてのことだった。

社会人になって、仕事のやりがいに目覚め、人のために役立つこと、人から感謝されることは、なんて幸せなことだろうと思っていた。

今の気持ちは、そのさらに上をいく。

休日をただ一緒に楽しんだだけなのに、あんなに感謝してくれて、こんな心遣いまで。

今すぐ外に飛び出して、倫太朗の車を追いかけて、もう一度お礼を言いたい衝動に駆られる。きっと、車はもうはるかかなたを走っているだろうけれど。

浮かれすぎている自分が怖くなって、律は自らを落ち着かせる材料を探す。浮かれるようなことじゃない。これは特別な贈り物なんかじゃなくて、倫太朗にしてみれば単なるお礼。

そう、単なる……。

落ち着かせるつもりが、落ち着くのを通り過ぎて気持ちが陰っていく。

たとえば本当の友人同士が休日に出かけたら、こんな仰々しいお礼などしないだろう。倫太朗にとって律は、こういうことが必要な距離のある相手なのだ。

嬉しさと切なさの間を、気持ちが行ったり来たりする。いちいちお礼だなんて言わず、もっと

気さくな間柄になりたいと思っている自分に気付いて驚く。

図々しいにもほどがある。社会人としてそつなく仕事をこなしてきたつもりだが、プライベートにおける人との距離感が、子供の頃のまま不器用な自分。親しい友人や恋人がおらず、人づきあいのスキルが未熟なせいで、ちょっとやさしくされると、よろめいてしまう。

自分が男でまだよかったと思う。もしも女性で、憧れの作家と懇意になって、こんなふうにやさしくされたり、プレゼントをもらったりしたら、間違いなくおかしな気持ちになっていたと思う。

「あれ……？」

そこで再び我に返る。倫太朗の恋愛対象は、同性だったはず。初めて自宅に呼ばれたときには、そのことで律が自意識過剰な勘違いをして、恥ずかしい思いをした。

倫太朗は、律にそういう気持ちは抱いていないと、あのときに明言している。

倫太朗にとって、律はあくまで友達だ。

一方、律にとって倫太朗は……？

絶対にありえないことだと思っていた。想像すらしたことがなかった。

でも、倫太朗がフリーだと聞いたときに胸に湧き上がってきたあのほっとした感じはなんだろう。

「かわいい」と言われるとドキドキして、一緒にいるとふわふわして、離れがたくて、プレゼントをもらえば泣きたいくらい嬉しくて、でも距離感に切なくなって……。

律は一度も恋をしたことがないけれど、客観的に見て、この症状はいわゆる恋愛感情というものではないだろうか？

「そんなわけないよな」

自分で自分を笑い飛ばす。憧れの作家とこんなふうに親交を持つ機会に恵まれれば、誰だってドキドキしたりそわそわしたりするはずだ。

そもそも恋愛だったら、もっと生々しい情動を伴うものではないか。キスしたいとか、それ以上のこともしたいとか。

自虐混じりに倫太朗とキスする自分を想像して、笑い飛ばそうと思ったのに、脳裏に倫太朗を思い描いたまま、律は固まった。

笑うどころか、胸が変なふうによじれた。心拍数があがり、顔が熱くなる。

「……え？」

そんなはずはない。いくら憧れの人だからって、男を相手にこんな気持ちになるなんてありえない。そもそも、女性相手にさえこんな感覚を持ったことがなかった。

律は激しくうろたえた。

女性にときめいたことがないのは、自分もこちら側の人間だったからなのか？

落ち着けと、自分に言い聞かせる。こんなのは一時の気の迷いだ。恋愛偏差値が低すぎて、感覚が誤作動を起こしているだけのこと。

倫太朗は最初から「友達」だと明言している。律がおかしな感情を抱いているとバレたら、引かれるに決まっている。

こんな気持ちはなかったことにしよう。倫太朗はただの友達。いや、そもそも友達認定してもらえているだけでも、すごいことだ。

かすかに響く振動音で、律は我に返った。鞄《かばん》の中でスマホが着信を知らせている。取り出してみると、母だった。

『今日、お休みの日よね？　さっきも電話したんだけど』

母は律が電話に気付かなかったことを声音で責めた。

「……ごめん、友達と出かけてて」

友達友達と自分に言い聞かせていたせいで、ついぽろっと口から出てしまう。案の定、母親は揶揄《やゆ》するような声になる。

『珍しいわね。あなたに友達なんかいたの？』

思えば実家にいた頃から、律は休日に遊ぶような友達はほとんどいなかった。息子が楽しそうにしていると不機嫌になる母親を恐れ、友達と出かけることなど考えられなかった。

『いいご身分ね。母親の電話にも気付かずに、お友達とやらと遊び呆けているなんて。急病や事故の連絡だったらどうするつもり？』

「ごめん」

『口先だけで謝られてもね』

今しがた自覚したありえない恋心のようなものと、母親の非難がごちゃ混ぜになって、なんともいえないうしろめたさが湧いてくる。

母は律の心情などお構いなしに、いつものように一方的にしゃべり続ける。

『ねえ、あなたの住んでるところってなにもない田舎町だって言ってたけど、近くに大きなアウトレットモールとか、有名なフラワーパークとかあるんですって？　パート先の人が先週バスツアーで行ったらしいの。息子が住んでるのに、一度も行ったことがないって言ったら、みんな呆れて気の毒がってたわ』

律はそんなことは言っていない。転勤が決まったことを話したら母親が『そんななにもない田舎町に異動だなんて、左遷《させん》よね？』と嗤《わら》ったのだ。

みんなが呆れて気の毒がったというくだりも、おそらく被害妄想か誇張だろう。

母親の価値観は常に「誰か」に左右されている。家族のせいで不幸だった母は、その家族のしがらみから解放されても決して幸せになることはなく、今度は周囲の人たちと自分の生活を比較して、自分がいかに不幸かを律に嫌味混じりに報告してくることを日課にしている。

母親は自ら不満や不幸を生み出している。でも、それを指摘する勇気はなかった。子供の頃から刷り込まれた関係性もあるし、母親が自由に生きられなかった原因の大半は律のせいだから。

「今度、バスツアーのチケットをプレゼントするよ」

律が言うと、母親は不満げに鼻を鳴らした。

『自分で案内しようっていう気にはならないの？』

「こっちは公共の交通網が不便で、車がないとその二か所を回るのは難しいから」

『そんな不便な場所に住んでいるのに車も持てないなんて、甲斐性《かいしょう》なしね』

呆れたように言う。

仕送りをしなければ車のローンを組むことも充分可能だが、そんなことはとても言えない。考えるだけでも、罪悪感を覚える。

「多少の不自由は我慢してくれるなら、俺が連れていくから、いつでも遊びに来てよ」

『不自由前提っていうところが情けないわね』

不満をこぼしながらも、母親は早速日程を検討し始める。

仕事が休みの日ならこっちはいつでも大丈夫だからと伝えたあとで、健児の誕生日を思い出し、その日以外ならと言い直した。

電話を切ると、幸か不幸かさっきまでのふわふわした感覚は消えていた。母親からの電話のあとはいつもそうだ。嬉しいとか楽しいとかいう感情が掻き消されて、心がフラットになる。

おしゃれなパッケージに入った倫太朗からのプレゼントに律はじっと視線を落とし、淡い想いを封じるように、そっと蓋《ふた》をしめた。

自分の恋愛対象が男か女かとか、そんな発見はどうでもいいことだ。どちらにしても、分不相応な想いが成就するはずがないのはわかっているし、成就など願ってもいない。

幸せな恋愛や結婚というものが、律には想像しえない。物心ついて初めて見た手本が、多分あまりに強烈すぎたのだ。

結婚までしたからには両親だって最初は愛し合っていたのだろうが、律が目にした成れの果ては、憎悪と不満の吹き溜まりだった。

だいたい、母親一人幸せにできない自分に、分不相応の恋などする資格はない。やりがいや満足感は仕事からもらっている。それ以外の感情はフラットな方が、変な罪悪感を抱かずにすんで楽だった。

気付いてしまった感情は、なかったことにしよう。あくまで作家として尊敬し憧れているだけのこと。

誘われたら喜んで遊んでもらうけれど、自分の方からアクションを起こしたりはしない。倫太朗が飽きてフェードアウトされたら、それまでのこと。

この街にいられる時間も限られている。いずれまた転勤の辞令が下るだろう。

一周回って、俺って結構前向きじゃないかと思う。

結論なんて必要ない。憧れの作家が自分を「友達」だと言ってくれるのだから、期限がくるまではその関係をポジティブに楽しめばいい。あれこれ悩んだって、どうせそう遠くない将来に終わりがくるのだ。

律は倫太朗について考えるのをやめ、意識的にほかのことに思考を移した。まずは母親が遊びに来たときにはどういう経路で案内するか、ネットであれこれ調べて大雑把な計画を立てた。

それから健児の誕生祝いに、ちょっとした料理とケーキを差し入れようかなどと考え、それもネットでレシピなどを検索した。

油断すると、今日一日を一緒に過ごした倫太朗のことが脳裏に浮かんで胸がそわそわし、倫太朗の好きな味を想像していたりして、慌てて思考を引き戻す。

今回はあくまで健児のため。律にとっても弟のように慕わしく思える健児に喜んでもらうための差し入れだ。

余計なことを考えまいと、自分の思考を律は必死でコントロールした。

6

母親が事前の連絡もなく訪ねてきたのは、その日だけはと除外した健児《けんじ》の誕生日の昼前だった。けたたましく鳴らされるインターホンにせかされ、卵を泡立てていた手を休めて玄関に向かった律《りつ》は、母親の姿を見て一瞬固まった。

「……どうしたの？」

「どうしたのって、わざわざ訪ねてきた母親に向かって、そんな言い方ってある？　あ、下でタクシーが支払い待ちしてるから、払ってきてちょうだい」

律はあっけにとられながらも、財布を持って下に行き、運転手にタクシー代を払った。

部屋に戻ると、母親は我が物顔で部屋の中を見回している。

「駅から遠すぎて不便なところね」

「通勤には便利なんだよ。今日はどうしたの、急に」

母親は不服そうに律をねめつけてきた。

「この間、遊びに行くって約束したじゃない」

「具体的な日取りは聞いてないし、今日は都合が悪いって言ってあったよね？」

「そうだったかしら？　でもこうやって家にいたじゃない」

「このあと出かける予定なんだ」

母親は思いもよらない仕打ちを受けたかのようにまなじりをあげた。

「遠路はるばるやってきた母親を邪険に追い払おうっていうわけ？　子供なんて生むもんじゃないわね。自分を犠牲にして育てた結果が、この冷淡な仕打ちだもの」

身勝手な言い分だと思う半面、例によって母親を責める気持ちよりも、罪悪感の方が大きかった。

母親の訪問に当惑している自分。出かける予定に水を差されたがっかり感。

こんなふうに感じるなんて、確かに自分は冷淡で親不孝な息子だと思う。

「ごめん。ただちょっと驚いて」

「いいわよ、別に。迷惑だったら帰るから」

いったん下に置いたバッグを持ちあげて出ていこうとする母親を、パフォーマンスだとわかっていながら、律は引き留めた。

「わざわざ来てくれたんだから、ゆっくりしていって。約束はキャンセルするから」

律は母親にお茶を出して、スマホを手に玄関の外に出た。

母親が急に訪ねてきたので、今日の予定はキャンセルさせてほしいという、お詫《わ》びのメッセージを送信すると、すぐに返信があった。

『了解です。また誘うね』

ドアにもたれて、倫太朗《りんたろう》のメッセージを眺めながら、律はため息をついた。

落胆する裏で、どこかほっとしている自分もいる。倫太朗への想いが恋愛感情ではないかと気付いてから、直接会うのは今日が初めてだったので、今まで通りに振る舞えるだろうかと、無意識に身構えていたのかもしれない。

部屋に戻りかけ、ふと思い立って、健児のスマホに電話をかけた。健児はすぐに電話に出た。

誕生祝いの言葉を伝えたあと、行けなくなったことを話すと、とても残念がったが、

『お母さんじゃ仕方ないね。俺の分も親孝行して』

と明るい声が返ってきた。そうだ。孝行したくてもできない人もいる。それを思えば、自分は幸せなはずなのだ。

電話を切りかけた健児を、律は呼び止めた。伝えなければと思っていたことがある。

「今、近くにお兄さんはいる？」

『いや、自分の部屋』

「あのね、この間、健児くんが心配してた件だけど、お兄さんはここ何年かはつきあっている人はいなくて、だから東京に残してきた恋人もいないって言ってたよ」

『りっくん、兄貴に訊いてくれたの？』

「うん。それから、作風の件も訊いてみたんだけど、健児くんの心配とは真逆で、むしろ書きたいものを書くために、売れ行きは二の次で作風変更したらしいよ」

『マジで？』

「マジで。だから、売れ筋に路線変更かって疑われるほど売り上げが伸びたのは、想定外のことだったたって驚いてた」

『……そうだったのか』

ぼそっと言ったあと、健児の声はワントーン明るくなった。

『ありがとう、りっくん。ずっとモヤモヤしてたことがすっきりして、なんかすごく晴れ晴れした気持ち』

「本当？　それならよかった。先生が健児くんをすごく大事に思ってるのは俺にもわかるし、健児くんになかなか心を開いてもらえないことを気にしてたから、健児くんも先生にやさしくしてあげて」

『んー、努力はする』

そっけない声音に、照れが見え隠れする。

「俺は親孝行をする。きみはお兄さん孝行をする。一緒に頑張ろう」

健児は別に頑張る必要はない。ただ一緒にいるだけで、倫太朗に愛される存在なのだ。でも、自分を鼓舞するために、律はそう言って電話を終えた。

部屋に戻ると、母親はお茶を飲みながら胡散臭《うさんくさ》げに律を見た。

「長々なにを話してたの？　どうせ私の悪口でも言ってたんでしょう」

「今日は行けなくなったって伝えただけだよ」

「簡単に断れる程度の用事だったんじゃない。それなのに私を追い返そうとするなんて」

そこからまた、ひとしきり母親は愚痴を言い始めた。律はお茶を淹《い》れ直《なお》して、母親の話に耳を傾けた。

一時間ほど同じような話がループしたあと、母親は時計に目をやった。

「そういえばお腹《なか》が空いたわね。なにか作ってたの？」

泡立ての途中で放置した卵は、もう続行不可能の状態だろう。

「とりあえず、外になにか食べに行こうか。今からあちこち観光するのは無理だけど、フラワーパーク一か所くらいならなんとかなるかも」

「来るだけで疲れたから、あまり歩くのは嫌よ。タクシーで行ける？」

行けるが、いったい幾らかかるだろう。

だが、これもたまの親孝行だ。律はため息を飲み込み、とりあえず家から近いファミレスに母親を連れていった。

案内された席に着くなり、母親は大きなため息を漏らした。

「遠路はるばるやってきて、ファミレスだなんてね」

確かにその通りだと思って、律は「ごめん」と謝った。

注文した料理が運ばれてくると、母親は「レンジでチンしただけの料理」だの「ドリンクバーってコストはタダ同然よね」などと、またなにもかもにケチをつけ始めた。

「次は、ちゃんと日取りを決めて来てくれたら、気に入るような店を探しておくよ」

なんとか気分を盛り上げようとして言うと、母親は口をへの字に曲げた。

「しつこくあてこすり？　簡単にキャンセルできるような用事なんて、どうせたいしたことでもないんでしょう？　そもそも、本当に用事なんてあったのかしらね。昔から友達もいなかったあなたに、休日に用事があるなんて信じられないわ」

友達がいなかったのは誰のせいかと、心の中で訴える声を、律は宥《なだ》めた。

別に母親から友達を作るなと言われたわけではない。子供だった律が母親の機嫌を損ねまいと勝手に忖度《そんたく》して、人と距離を置いただけ。

ましてや今はもういい歳《とし》の大人で、なにかを誰かのせいにするような時期はとうに過ぎている。

「友達っていえば」

律が黙っていると、文句を言いながらもパスタをきれいに平らげた母親が身を乗り出してきた。

「パート仲間のグループに、韓国《かんこく》旅行に誘われてるんだけど、参加費が出せなくて困ってるの」

律はフォークを操る手を止め、顔をあげた。

「幾ら？」

「ツアー代金とお小遣い合わせて、十万もあれば足りると思うわ」

突然の訪問の理由は、嫌がらせではなくて金の無心だったのか。なんともいえないどんよりした気持ちになる。

「……ボーナスが出たら、どうにかなると思うけど」

「ボーナスっていつ？」

律が支給日を口にすると、母親はまたため息をついた。

「つまり、私は参加できないってことね。あーあ。子供なんか生まなきゃ、私だってもっとゆとりある生活を送れてたんでしょうね」

「……ごめん」

「パート先の友達は、自分のパート代を全部小遣いに回せて、足りない分は旦那や子供が出してくれるって言ってたけど、私にはそんなやさしい旦那も子供もいやしない。なんて不幸なのかしら」

ため息をつかれると、いつものように自分がとても親不孝でひどい人間のような気がしてくる。

律も、できるならもっと気前よく親孝行がしたかった。

今の仕事は、やりがいもあってとても楽しいが、正直給料は安い。母親への仕送りのため、ほとんど貯金もできておらず、通常の仕送りのほかに十万を渡せば、律の生活が立ち行かなくなる。

「とりあえず、このあとフラワーパークに案内するよ。お店までタクシーを呼ぶから」

韓国旅行は無理でも、ひとまず約束通り近場の観光スポットを案内しようと律が意気込んで言うと、

「いいわよ、フラワーパークなんて。花に興味もないし、暑いじゃない」

不貞腐《ふてくさ》れたように言う。それからぐっと身を乗り出してきた。

「ねえ、キャッシングはできないの？　十万くらいなんとかなるでしょう？」

律が何か言う前に、背もたれの後ろでガタンと大きな音がした。

「ムカつく！」

キレ気味の声に、聞き覚えがあった。

振り返ると、背もたれで仕切られた背後の席から声の主が姿を現した。健児だった。

腹に据えかねたという感じの険しい表情で、健児は律の母親を睨《にら》みつける。

「さっきから聞いてりゃ、いったいなんだよ。おばさん、りっくんの本当の母親？　おとぎ話に出てくる腹黒い継母《ままはは》か、悪い魔女みたい」

「ケン！」

奥の席から倫太朗が出てきて、健児を諌《いさ》める。

突然の二人の登場に、律は状況が飲み込めずに戸惑う。

倫太朗に背後から引っ張られながら、健児は吠《ほ》えかかる犬のように律の母親につっかかっていく。

「ファミレスなんかとか言って、なにりっくん困らせてるんだよ。そりゃ、りっくんの手料理には劣るけど、ここだって充分うまいし」

どうやら、店に入ってすぐの会話から、ずっと聞かれていたらしい。

「……どなた？」

いきなり現れて噛みついてくる健児に、母親が眉を顰《ひそ》める。

「りっくんの友達。今日は俺たちと遊ぶ約束をしてたのに、おばさんが来たせいで、キャンセルになっちゃったんだけど。それを、本当は約束なんかなかったんじゃないかとか言われて、すっげえ腹立つ」

「やめなさい」

倫太朗が健児を黙らせ、律の母親に頭を下げる。

「弟が失礼を申し訳ありません」

母親は憤懣《ふんまん》やるかたないという顔でバッグを掴んだ。

「帰るわ！　寄ってたかって人を悪者みたいに。性格の悪い息子には、性格の悪い友達ができるのね」

「母さん！」

母親の言葉に、健児はまるで自分のことのように怒りをむきだしにした。

「性格悪いのはどっちだよ。俺、りっくんがおばさんに送金してるの見たことあるよ。毎月あんなに仕送りしてるのに、遊びに行く金がないとか、生まなきゃよかったとか、よく言えるよな！」

まさか、そんなところまで聞かれていたとは思わなかったのだろう。健児の言葉に母親は顔を赤らめた。

「人の会話を盗み聞きするなんて、マナーも知らない育ちの悪い子供ね！」

「マナーとか、おばさんに言われたくないんだけど」

律は間に挟まって青ざめていった。子供の頃からのトラウマが蘇ってくる。

母親と二人きりなら、じっと我慢していればよかった。だが、母親の八つ当たりの矛先が健児に向かうのは耐えがたいし、自分の好きな人たちの前で、母親の性格が露呈していくのがいたたまれなかった。そして、そんなことを考える自分にも自己嫌悪を覚えた。

どんな理不尽も、二人きりのときは、自分に非があるような気がして、極力母親の要望を叶えてきた。

だが、無邪気な十七歳の口から糾弾されると、母親の所業はひどいことのように響いた。

自分が親不孝なのか、母親が理不尽なのかを、いっそこうして公正な目で裁いてもらえて喜ぶべきところなのかもしれない。

しかしそんな痛快な気持ちとは程遠かった。

自分でも、自分の心理がわからない。

成人して自立しても、律の中には虐げられていた子供の頃の記憶が鮮明だった。逃げるように家を出たことにも罪悪感を覚えていた。

母親に当たり散らされることや、金をせびられることで、律は、自分のうしろめたさと帳尻を合わせていたのかもしれない。

「帰るから、タクシーを呼んでちょうだい！」

顔をどす黒くしてわめく母親の前に、健児はドンと紙袋を置いた。

「俺が帰る。りっくんとどうぞ」

ぶっきらぼうに言って、踵《きびす》を返して店から出ていく。

律は助けを求めて倫太朗を振り返った。

「追いかけてあげてください」

こんな修羅場《しゅらば》なのに、倫太朗は慌てたり引いたりする素振りをまったく見せず、律を安心させるような穏やかな笑顔を向けてくる。

「大丈夫。これから友達のところに行くんだって」

「でも……」

「律くんが来ないなら、午後から友達と出かけるっていうから、その前にここで二人で軽くランチをして、きみの部屋に届け物に寄ろうと思ってたんだ。おいしいフルーツケーキを買ったから、お母さんと食べてもらおうと思ってね。そうしたら、たまたまきみが後ろの席に案内されてきて」

倫太朗はすまなそうに言う。

母親は戸惑った様子で紙袋を眺めている。

律たちの席は窓際で、店を出ていった健児が、窓の外を通り過ぎるのが見えた。申し訳ない気持ちでいっぱいでじっと見つめていると、気付いた健児とガラス越しに目が合った。健児は怒りと反省がないまぜになった顔で、ごめんというように片手で拝む仕草をして、ポケットから何かを取り出し、ちらっとかざしてみせた。この間、アウトレットモールで倫太朗と一緒に選んだ財布だった。

早速使っているということは、ここに来る前に倫太朗とお祝いをして、プレゼントも気に入ったのだろうと、こんなときなのに嬉しくなった。

通りの向こうに消えていく健児の後ろ姿をそっと見送っていると、母親が低い声で言った。

「さっさとタクシーを呼んで」

律は視線を目の前の母親に戻した。

「……フラワーパークは？」

「帰るわよ。ご予定がおありだったのに、悪かったわね！」

怒りが収まらないのか、尖《とが》った敬語でつっかかってくる。

倫太朗に不快な思いをさせた申し訳なさに打ちひしがれていると、当の本人がのどかな声で言った。

「よかったら、僕の車でフラワーパークにご案内しますよ。外を歩くのは少し暑いけど、この時期は睡蓮やクレマチスが見頃で、とてもきれいですよ」

上品なハンサムに微笑みかけられて、母親はややたじろいだ様子になる。

「でも……」

「先ほどは弟が大変失礼な態度をとって申し訳ありませんでした。お詫びといってはなんですが、よろしければお供させてください」

倫太朗の低姿勢に、母親の憤《いきどお》りが和らいでいくのが見て取れる。元々、家族への当たりはきついが、外面は取り繕うタイプだ。

「律くん、これ持って差し上げて」

健児が置いていった紙袋と、母親のバッグを律に持たせると、倫太朗は先にレジへと向かった。

母親が上着を羽織るのを待って追いついたときには、すでに二テーブル分の支払いがすんでいた。

律は慌てて言った。

「すみません。払います」

「あとでいいよ」

倫太朗は母親のために店のドアのノブを押さえ、自分の車まで案内する。助手席のドアを開けて、「どうぞ」と母親に勧めた。

「まあ、素敵なお車ね」

現金なもので、助手席に収まると、母親の機嫌は八割方回復していた。

律は荷物とともに後部座席に座った。普通ならば、律がサイドシートに乗るか、母子で後ろに乗るかだと思うのだが、車が走りだすと、すぐに倫太朗の判断に感謝することになった。

倫太朗が、この街のことや、これから向かうフラワーパークのことなど、差《さ》し障《さわ》りのない世間話を穏やかな口調で振ると、母親は楽しそうに会話に応じた。

もしも律がサイドシートに座ったら、倫太朗にひそひそと母親の無礼を詫びたりして、背後の母親をいっそう不機嫌にさせていただろうし、母親と一緒に後ろに座ったら、また母親からチクチクと嫌味を言われ続けて、車内に険悪な雰囲気が立ち込めていただろう。

フラワーパークに着くと、倫太朗は三人分のチケットと一緒に、売店で花柄の日傘を買い、「どうぞ」と母親に差し出した。機嫌が回復したのを通り越して、母親はすっかり上機嫌だった。

あまり背の高い樹木のないパーク内は、日差しが照りつけかなりの暑さだったが、母親は珍しく文句ひとつ言わず楽しげに花々を見て回り、倫太朗が買ったバラのソフトクリームに舌鼓を打った。

園内の土産物店で、パート仲間へのお土産を買うと言うので、律が財布を取り出すと、

「僕も仕事先への手土産を買うので」

と倫太朗が母親の買い物を受け取り、さっと支払ってしまった。

「まあ、ありがとうございます！　ご親切ね！　あなたみたいな人が息子だったらよかったの

に」

「僕がお母さんと呼ぶには、お若すぎますよ」

倫太朗のひとことで、母親はさらに有頂天になったようだ。

夕刻、駅まで送ってくれた倫太朗は、母親のために特急の指定席券を買って、最後まで母親をいい気分で送り返してくれた。

母親の後ろ姿が改札の奥に消えたあと、律は倫太朗に頭を下げた。

「いろいろ本当にすみません」

前に概要を話してあったとはいえ、自分が母親からどんな扱いを受けているか知られてしまったことが、とても恥ずかしかった。そして、母親に対して、倫太朗がどこまでも紳士的にやさしく接してくれたことに、心から感謝と申し訳なさを感じていた。

いろいろな感情があいまって震える指で財布を取り出し、今日支払ってくれた分を返そうとすると、倫太朗はいらないというふうに財布に手をかぶせ、「あれ?」という顔になる。

「この間の財布はまだ出番がないのかな。もしかして気に入らなかった?」

「いいえ、使うのがもったいなくて……」

財布のパッケージに蓋《ふた》をしたときの気持ちが蘇ってくる。うっかり気付いてしまった恋心を封じ込めたときの気持ち。

そう意識したとたん、触れ合った指先からじわっと身体が熱くなる。

「ただでさえご迷惑をおかけしたんですから、払わせてください」

「ケンの暴言に対するささやかなお詫びだから」

そう言って、倫太朗はやさしく笑った。

「正直、お母さんのきみへの接し方が、話に聞いていた以上にひどかったから、ケンが嚙みついてくれなかったら、僕がキレていたかもしれない」

母親の前ではそんなそぶりは微塵《みじん》も見せなかった倫太朗の言葉に、律は驚いて目を見開いた。

「……すみません、西《にし》先生も、健児くんも、不快な気持ちにさせてしまって」

「そんなことはないよ。こっちこそ、いきなり乱入するようなことになってごめんね」

律はうつむいて首を振った。

「母も言ってたけど、もしも息子が俺じゃなくて西先生だったら、あんなふうにはなってなかったかもしれないです」

「それは違うよ。僕が他人だから、お母さんはお世辞も言ってくれるし、感じよく接してくれるんだ。身内に対しては、誰でも遠慮がなくなるものだ」

それは確かにあるかもしれない。でも……。

「お母さんはきっと、淋しい人なんだろうね。それでつい、ああいう言い方できみに甘えてしまうんじゃないかな」

倫太朗はどこまでもやさしい。

その眼差しのあたたかさが、律の胸を震わせる。

どうしよう。やっぱりこの人が好きだ。

「健児くんの誕生祝いに、ケーキを作っていこうと思っていたのに、計画倒れに終わってしまってすみません」

律は自分の気持ちをごまかすように話を逸らした。

「とんでもない」

倫太朗は律を車へと促した。

「もしも疲れてなかったら、うちに寄っていかないか？　ケンの帰りもそう遅くはならないだろうし、改めて三人で食事でもしよう」

「……あの、だったら、家にケーキの材料を取りに寄って、先生のお宅で作らせてもらってもいいですか？」

律はおずおずと申し出た。卵を何個か無駄にしてしまったが、残りの材料は冷蔵庫に眠っている。

「いいね！　僕も手伝うよ」

倫太朗が楽しげに賛同してくれたので、律のアパート経由で、倫太朗の家へと向かった。

こんな広い庭付きの家には住んだことがないのに、倫太朗の家はなぜかいつも律を懐《なつ》かしい気持ちにさせる。居心地が良くて、畳のいい匂いがして、ほっとする。

ハンドミキサーを持ってくるのを忘れたが、倫太朗が泡立てを引き受けてくれた。

「僕は何度挑戦しても料理のセンスがからっきしないんだけど、これだけは結構得意なんだ」

座業のわりにしっかりと筋肉がついているところからして、定期的にジムにでも通っているのだろう。まったく疲れる様子もなく、卵を泡立ててくれた。

「これくらいで大丈夫?」

「完璧です」

倫太朗からボウルを受け取ろうとしたら、指先が触れ合った。反射的に手を引っ込めると、ボウルが落ちそうになって、二人で慌てて手をのばす。今度は触れ合うどころではなく、律の手に倫太朗の手のひらが重なる。

みるみる顔が熱くなっていく。

「危なかったね」

倫太朗が笑いながら言うが、律はドキドキしすぎてまともに返事ができなかった。

「……すみません」

ぼそりと言ってボウルを受け取り、粉をふるい入れて混ぜる。

子供の頃から社交的な性格ではなかったが、だからといって人見知りというわけでもない。人と話すのに極度に緊張したりすることはなかった。仕事も接客業で、人と接するのには慣れている。

だから、誰かといてこんなにもドキドキそわそわするのは初めてだった。

恋とはこんな気持ちなのか。高揚するのに泣きたくなるような、今すぐこの場から逃げ出したくなるような、なんともいえない感覚だった。

スポンジを焼いている間に、クリーム作りも倫太朗に手伝ってもらった。

刻んだチョコレートに熱した生クリームを入れて溶かし、氷をあてながら泡立てる。

「生クリームって、泡立てすぎると分離しちゃって、最初はその加減がわからなくて失敗しちゃったんです。でも、チョコレートを入れて、乳脂肪分が低めのこのクリームを使うと、泡立てすぎても分離しないって発見しました」

ドキドキ感から気を逸らそうと、訊かれてもいない蘊蓄《うんちく》を饒舌《じょうぜつ》に語っている自分にまた焦る。

ペラペラとまくしたてつつ、クリームが完成してしまうと、焼きあがったケーキが冷めるまで、手持ち無沙汰になって、律は再び緊張してきた。

「ひと休みしようか」

倫太朗がそう言って、コーヒーを淹れてくれた。

縁側で薄暗くなった庭を眺めながら、二人でコーヒーを飲んだ。

終わり際の紫陽花《あじさい》と、開き始めた凌霄花《のうぜんかずら》が、薄闇の中で夜風に揺れている。

自分のアパートの部屋よりもしっくりと居心地のいい特等席。

でも、倫太朗への恋心を意識すると、リラックスと緊張という相反する感覚がごっちゃになって、律はどうしていいかわからなくなる。

「律くん、ケンにこの間のこと話してくれたんだね」

倫太朗が静かに言った。

「この間のこと？」

「今の作風は好きで書いていることと、恋人いない歴三年の話」

「ああ、はい。今日行けなくなったお詫びの電話をしたときに」

「ケンに、どうして今まで言ってくれなかったんだって怒られたよ。なにを言っても兄貴が言い訳しないから、どんどんヒートアップして当たり散らしちゃってたじゃないかって」

「……健児くんにしてみれば、お兄さんが自分のせいでいろいろ無理してるって思ったら、申し訳なくて、自分が腑甲斐《ふがい》なく思えて、八つ当たりしちゃったのかも」

「そうだったみたいだね。単純に反抗期かと思ってた。言葉足らずに関しては文句を言われたけど、誕生祝いを渡したら、『大事にする』って言ってすごく喜んでくれた。きみのおかげだ」

「そんなことないです」

はにかむ律に、倫太朗はやさしく微笑み、それからふと真摯《しんし》な表情で言った。

「それで思ったんだけど、きみも、お母さんに思っていることをはっきり伝えた方がいいと思う」

「……そうでしょうか」

「うん。お母さんの言動がエスカレートしていくのは、多分、きみが我慢して飲み込んでしまうせいもあると思う」

そう言われてみると、心当たりがなくはない。愚痴や金銭的な要求に黙って耳を傾けても、母は決して満足するということがない。

「言いにくいのはわかるよ。昔からの関係性もあるし、きみがお母さんに対して罪悪感を覚えて、贖罪《しょくざい》の気持ちを抱いていることも、なんとなくわかる」

なにもかもを見抜かれていることに、ばつの悪さを感じる。

「黙って受け止めている方が、むしろ気が楽な場合があるのも、経験上知ってる」

倫太朗は苦笑いを浮かべた。健児の反抗を受け止めてきた倫太朗だから言えることなのだろう。

「だけど、やっぱりちゃんと言うべきだよ。ああいう態度をとられたら、どんな気持ちになるかってことを」

そんなことは火に油を注ぐだけだと思うが、律の心理を読んだように倫太朗は言った。

「最初はお母さんもショックを受けたり怒ったりするだろうけど、ショック療法はお母さんのためでもある。なにより、きみ自身のためだ」

「…………」

「親孝行をするなっていうことじゃないよ。ただ、共依存みたいになってる関係は、一度リセットした方がいいと思う」

共依存。

自分は独立しているし、母親に依存しているつもりはないと思ったが、すぐに物理的な意味ではないと気付く。

それは確かに律自身も感じていたことだ。母親にサンドバッグにされることで、自分が母親の人生を台無しにしたという罪悪感をあがなっているところがある気がする。

「……作家の先生の洞察力って、すごいですね」

自分でもうまく言葉にできずにいた心理を言い当てられて、律がしみじみ言うと、倫太朗は「いやいや」と笑った。

「職業は関係ないし、洞察力なんておこがましいよ。実際、僕は弟の気持ちに気付かなかった。

身内に対しては、思い込みが先に立って、却《かえ》って気付きにくいのかもしれないな」

「……でも、赤の他人の僕の心理を言い当てるなんて、やっぱりすごいです」

「赤の他人、か」

倫太朗は、不意打ちで蜘蛛《くも》の巣に引っかかってしまったときのように、微妙に顔をしかめた。

「確かに、元々縁もゆかりもない間柄だったわけだけど、僕はきみのことを赤の他人だなんて思ってないよ」

目を見て言われて、律は顔が赤くなるのを感じた。他人ではなくて知り合いだ、という意味なのはわかっているが、自分が倫太朗にそれ以上の感情を抱いていることを改めて意識してしまう。

慌てて視線を逸らして、話を元に戻した。

「親孝行だなんてきれいごとで、本当は保身のためにしているだけだって、自分でも薄々気付いていた気がします」

「きみは立派に親孝行をしているよ。自分のためだけだったら、さっさと縁を切って逃げ出しているはずだ。きみはとてもいい子だよ」

いい子だなんて言われたこともないし、倫太朗の前にいると、律はどんな顔をしていいのかわからなくなる。

「ありがとうございます。……ケーキ、そろそろ冷めたかな」

話をはぐらかした律を、倫太朗は物言いたげな瞳でじっと見つめ、それからひとつ息を吐いて笑みを作った。

「そうだね。続きをやろうか」

台所に戻って、三枚にスライスしたスポンジ生地に、クリームをサンドしていく。

「器用だね」

横で眺めている倫太朗が、盛んに褒《ほ》めてくれるのが、気恥ずかしくて嬉しくて、胸の奥がそわそわする。

なんとか仕上げて、冷蔵庫にしまおうと皿を持ち上げたら、ずっしりとした皿が、手から滑り落ちそうになった。

すかさず倫太朗が手を添えて支えてくれたので、できたてを床に落とすという失態は免《まぬか》れた。

「あ……ありがとうございます」

「危なかったね。この皿、磁器みたいに見えるけど陶器で、見た目より重たいんだよな」

今日何度目か、こうして触れ合い、間近で微笑みかけられて、律はまたも平静を失う。

「……すみません」

重なった大きな手に、自分でもどうしようと思うくらいドギマギしながら、しっかりと皿を支えると、倫太朗は律の手からそっと手を放し、冷蔵庫の扉を開けてくれた。

慎重にケーキの皿を冷蔵庫にしまう。

「律くん」

倫太朗に穏やかな声音で呼びかけられた。

振り向くと、思いがけず近くに倫太朗が立っている。律は動揺しつつ、冷蔵庫の扉に背中をつけて倫太朗を見上げた。

「なんですか?」

「勘違いだったら笑ってくれていいんだけど」

「……はい?」

「僕が近くに行くと、赤くなるのは気のせい?」

いきなりずばりと言い当てられて、心臓が口から飛び出しそうになる。

「あ、あの……」

「ほら、そんなふうに」

見抜かれていたのかと思うと、さらに顔が熱くなり、どうしていいのかわからなくなる。

「すみません……」

うつむこうとする顎《あご》に、倫太朗の大きな手がかかり、そっと上を向かされる。

「どうして謝るの」

「あ……」

無理やり視線を合わされて、律の心臓は痛いくらい暴れまわる。

「真っ赤だよ」

言葉はからかうようなのに、見つめてくる瞳は真摯な色を帯びている。

「きみの頬が赤い理由が、僕の望む理由だと嬉しいんだけど」

「……望む……理由？」

「いつもこちらから一方的に誘ってしまっているから、きみが断れずにつきあってくれているだけだったら申し訳ないと思っていたんだ」

「そんな……」

「僕に少しは好感を持ってくれているのかな」

「少しだなんて。先生のことは、ずっとファンで、こんなふうに親しくさせていただいてとても光栄だなって……」

「ファンっていうだけ？」

間近で困ったような表情を浮かべる倫太朗に、律は催眠術にかけられたように呟く。

「だけ……じゃないです……」

「よかった」

倫太朗の色っぽい顔が近づいてきて、心拍数はマックスを極める。

なにこれ。まるでキスでもされるみたいな距離感、と思ったときには、やわらかく唇が重なっていた。

「……っ」

生まれて初めてのキスだった。

相手は密かに恋心を抱いている人で、しかも同性で……。

混乱や戸惑いは、胸の高まりにブレーキをかけるどころか、逆に拍車をかけた。

なにか自分でもわからないあやしい感覚が、ぶわっと身体の芯から湧き上がり、背筋をぞくぞくと震わせる。身体が宙に浮いているようで、足に力が入らない。

思わず倫太朗のシャツにすがりつくと、倫太朗は律を強く抱きしめ、くちづけを深くしてきた。

「ん……」

なんの経験もない律にも、こみあげてくる経験のないうねりは情動だというのがわかった。

恋愛など一生しないと思っていたし、性的な欲求も希薄な方だと思って生きてきたのに、自分の中に眠っていた未知の情動を揺り動かされたことに、律はひどく驚き混乱した。

くちづけを解かれると、身体の力が抜けて、冷蔵庫の扉に背を押し当てたままずるずるとしゃがみ込んでしまう。

律の身体が頽《くずお》れないように支えて一緒に姿勢を低くした倫太朗は、甘い視線で律をからめとってくる。

「嫌だった？」

律はパニックに陥《おちい》りながら、黙って小さく首を横に振る。

「きみがあんまりかわいいから」

どうしよう。

なにこれ？

先生も俺が好きってこと？　そんなことってあるだろうか。

ふと、以前健児が言っていた話を思い出す。倫太朗が猛獣だとか、手当たり次第に食い散らかすとか。

そんな人には見えないけれど、才能豊かで見た目も心も麗《うるわ》しい人気作家がモテないはずはなく、相手に不自由していないだろうことは想像に難《かた》くない。

倫太朗が律を本気で好きになったと考えるより、律の気持ちが漏れ出ていて、ならば一回くらい相手をしてやろうと思った、と考える方が律にとっては自然だし、より可能性が高く思えた。

自分では隠していたつもりだった好意が、倫太朗には完全にバレていたのだと思うと、身の程知らずで迂闊《うかつ》な自分が、とても恥ずかしくなる。

「大丈夫？」

半ば放心状態に陥った律の頬に、倫太朗が手を添えてきた。その手の感触に、またぞくりと身体にあやしい電気が走る。

もしも今、倫太朗になにかされたら、絶対に自分はおかしくなってしまうと、本能が訴えていた。まったくなんの経験もないが、理性の歯止めが利《き》かない領域がすぐそこに差し迫っていることは、感じ取れた。

律は、今にも捕獲されかけている小動物のように硬直しながら、震える唇を開いた。

「あの……、多分俺は、ずっと作家としての西先生に憧《あこが》れていて、その憧れの気持ちを、自分でなにかごっちゃにしているんだと思うんです」

さっきはファンというだけではないと言っておきながら、それを自ら覆《くつがえ》す。恋心を悟られた自分に非があるようなうしろめたさを覚えて、なにか言い訳しなければという強迫観念に駆られたのだ。

倫太朗は律の頬に触れていた手を離し、困ったような微笑みで律の視線をすくいあげてくる。

「それはオブラートに包んだ拒絶の言葉かな？」

そうじゃない。そういう意味じゃない。

倫太朗に恋心を抱いていることに間違いはない。だが、生来恋愛などするつもりはなかったし、自分がこんなふうに誰かを突然好きになるなんて思ってもいなかったので、どうしていいのかわからない。

惚《ほ》れた腫《は》れたの行く末がどんなものかを、子供の頃に手近な見本で嫌というほど見せられてきた。醜い罵り合い。憎しみ。愛情なんてこれっぽっちもないのに、欲情には勝てない親の姿には子供心にぞっとした。

恋とか愛とかいうものが、素敵なものとは思えなかった。

律は、倫太朗が好きだ。だから倫太朗を、倫太朗に対する自分の気持ちを、醜いものにするのが怖かった。自分の中の生々しいものと咄嗟《とっさ》に向き合う勇気がなかった。

不意に玄関の引き戸がガラガラと開く音がして、違う意味で心臓が跳ね上がる。

ただいま、とぼそぼそした健児の声がして、廊下を歩く足音が近づいてくる。倫太朗が立ち上がり、律も跳ね起きた。

「あれ、りっくん。悪い魔女はもう帰ったの？」

健児はそう訊ねながら、倫太朗と律の顔を交互に眺めた。

「なんかへんな空気だけど、どうかした？」

ずばっと訊かれて、手のひらに冷や汗が浮いてくる。どうしよう。きっとあからさまに顔に出てる。キスされて、すごくドキドキしていやらしい気持ちになったことが。

バレたら健児に嫌われると思うと、胸がぎゅっと痛んだ。律は勝手に健児に弟のような慕わしさを抱いていた。健児を傷つけたくないし、嫌われたくなかった。せっかくうまくいった倫太朗と健児の関係にヒビが入ったりするのはもっと嫌だった。

傍《かたわ》らで倫太朗がふっと笑った。

「バレたか」

まさか暴露するつもりかと焦る律を尻目に、倫太朗は茶目っ気たっぷりの仕草で、冷蔵庫の扉を開けてみせた。

「二人でこっそりケンの誕生祝いのケーキを作ってたんだ。灯りを消してサプライズで驚かせようと思ってたのに、予想外に早かったから、サプライズどころじゃなくて二人で焦っていたところだ」

「うわっ、すっげ！　これ作ったの？」

健児は冷蔵庫に頭をつっこんではしゃぎ声をあげる。

倫太朗は、これでいいかと確認するように律に視線をよこし、小さく肩を上下させた。

そのまま健児の誕生会に突入し、三人でケーキを食べた。律は終始自分でも不自然だと思うくらい快活に振る舞い、健児の話に大仰に相槌《あいづち》をうったり笑ったりした。

帰り際、いつものように倫太朗が車で送ると言ってくれたが、

「年に一度の健児くんのお誕生日なので、ぜひ水入らずで二次会をしてください」

と、笑顔でゴリ押しして、逃げるように西家を飛び出した。

夏のなまあたたかい夜風に吹かれながら、律はそっと自分の唇に指先で触れた。

意識して唇を触ったことなどなく、指が触れるとビクっとするほどの感覚が走る。

唇とはこんなに鋭敏な器官だったのだろうか。それとも今日は特別？

倫太朗にキスされたことを思い出すと、きゅうっと身体が内側に絞られるような感じがして、律は歩道にへたり込みそうになった。

どうしよう。どうしていいのかわからない。

7

「ありがとうございました」

床に指先がつくほど深々と頭を下げて、律《りつ》は客を送り出した。

「最近ますます仕事のモチベーションがあがっているみたいだけど、なにかいいことでもあった？」

メガネの陳列を直しながら八代《やしろ》が声をかけてくる。

「いえ、仕事のありがたみをしみじみ感じているというか」

八代はメガネの奥の理知的な目をしばたたいた。

「なんだかわからないけど、それはよかったわね。今日は午後お渡しのお客様がたてこんでいるから、さくっとお昼休憩行ってらっしゃいね」

「了解です」

律はいつものように弁当を持って、フードコートに向かった。涼しいモール内から一歩テラスに出ると、むっとする熱気が身体中にへばりついてくる。

いつもの隅っこの席に座って、律は仕事で詰めていた息をふうっと吐き出した。

八代にも言ったが、仕事というのは本当にありがたい。どんな混乱の最中でも、やるべきことをやっているときだけは、余計なことを考えなくてすむ。

今日の弁当は、夏野菜のキーマカレーにした。こんな暑いところでカレーなんか食べたら、汗が止まらなくなりそうだなと思いながら、制服のネクタイを緩める。

いろいろあった健児《けんじ》の誕生日から、三日ほどが過ぎていた。

倫太朗《りんたろう》からはあの日の夜遅くに「今日はごめんね」というメッセージが届き、「こちらこそすみませんでした」と返した。それっきりだ。

倫太朗の真意を訊くことも、自分の真意を伝えることもできずに、律は思考停止に陥《おちい》っている。

密かに想いを寄せていた相手からキスされるというのは、普通に考えればきっとすごく幸福なことなのだろう。

だが、自分が恋愛をするなんて思ったこともなく、恋に関してどちらかといえばネガティブに考えてきた律にとっては、幸福感よりもパニックの方がずっと大きかった。

嬉しさがないわけではない。それは、皮膚の一枚下で律をうずうずとさせている。でも、キスされたときに湧き上がってきた、あの官能的な感覚が、律をとてもうしろめたい気持ちにさせる。

初対面のときに、律が倫太朗に恋愛的な意味で取り入ろうとしているのではないかと敵意をむきだしにしてきた健児の顔が、脳裏をよぎる。せっかく誤解がとけて距離が縮まった兄弟なのに、自分がまた不快な感情の源になるのはあまりにも申し訳なかった。

煮え切らない態度をとった律を、倫太朗はどう思っているだろう。気を悪くしていないだろうか。それとも、律が考えるほど重い意味合いはなく、ちょっとした遊び感覚で、もう過ぎたことだと思っているかもしれない。

あれこれ考えると食欲も湧かず、スマホを取り出してメッセージのチェックでもしようかと電源を入れたとたん、電話が着信した。母親からだった。

先日、母親が突然押しかけてきたときの出来事を思い出すと、胸がざわざわした。

律はしばし躊躇《ちゅうちょ》してから、通話に応じた。

『やっと出た。さっきもかけたのよ』

母親が不満げに言う。

「ごめん。でも仕事中は出られないって言ってあるよね」

『でも、今出てるじゃない』

「昼休憩中だから」

『そう、ちょうどよかったわ。こっちも今休憩時間なの。ねえ、この間の韓国《かんこく》旅行の件だけど、今日またパート先の友達に強く誘われてね。参加を迷ってるのは私だけだって。十万が無理なら、八万で我慢するから、なんとかならない?』

律が答えあぐねていると、母親は底意地の悪い声で言う。

『あんな羽振りのいいお友達がいるんだから、十万くらい頼めばすぐに貸してくれるんじゃないの?』

今まさに考えていた相手のことを、こんなふうに軽率に引き合いに出されて、胸の奥にじわりと黒いしみが広がる。

自分に対してなら、どんな要求も冒瀆《ぼうとく》も甘んじて受け入れてきた。でも、初対面であんなに親切にしてくれた倫太朗に、このうえ厚かましい物乞いをしろと言う母親に対して、律は今まで感じたことのない強い憤《いきどお》りを覚えた。

「……そんなことで人からお金を借りるなんて、できないよ」

母親は鼻を鳴らす。

『親のために十万ぽっちも用意できない人が、偉そうによく言うわね』

キレ気味に言ったあと、ふと秘密めかした声を出す。

『ねえ、あのお友達ってどういう知り合いなの? 職場の人?』

「いや……」

『まさか恋人だなんて言わないわよね?』

思いがけない洞察に、ぎくりとして言葉を失う。その一瞬の沈黙を、母親は敏感に察したらしい。

『やだ、本当にそうなの?』

「違うよ」

律はなるべく普段通りに聞こえるように否定した。実際、つきあっているわけではない。しかしなにもないわけでもなく、そんな諸々が声に滲《にじ》み出《で》ていたのかもしれない。

母親は、予期せずドブの中でも覗き込んでしまったような、嫌悪も露《あらわ》な口調になった。

『信じられないわ。年頃になっても女の子の気配もないし、どういうことかと思ってはいたけど、そんな異常な趣味を持っていたなんて。まったく、どこまで親不孝をすれば気がすむの?』

その通り。自分はなんて親不孝な人間なのか。

自分のことだけだったら、そうやって自分を責めて終わっていたと思う。しかし、母親の発言は倫太朗をも侮辱している。それがどうしても許せなかった。

頭の中に蘇ってきたのは、倫太朗に言われた言葉だった。

『お母さんの言動がエスカレートしていくのは、多分、きみが我慢して飲み込んでしまうせいもあると思う』

共依存、と倫太朗は表現していた。

律は低い声で言った。

「異常な趣味なんて言い方は、失礼だと思う」

『……なんですって?』

言い返されるとは思っていなかったのだろう。母親は驚いたような声を出した。

「仮に俺があの人とつきあっていたとしても、そんな言い方をされるいわれはないし、親不孝だとも思わない」

『は? なにを言ってるの? いい歳《とし》をして反抗期? 男同士でつきあうなんて、どう考えたって普通じゃないでしょう。子供もできないのよ? そんなの、最大の親不孝じゃないの!』

「男女のカップルだって、子供を持たない人たちは世の中にたくさんいるよ」

『都合よくすり替えないで! 世の中の話なんかどうでもいいのよ! あなたの話をしてるの! 女手ひとつで苦労して育てた母親に、普通に幸せな家庭を作って、孫の顔を見せて恩返ししたいっていう気持ちにならないの?』

母親の声がヒステリックになるにつれ、律は不思議と冷静になっていた。

「……普通の家庭がどういうものか、知らないから」

『……は?』

「俺の知ってる家庭は、いつも両親が罵り合っていて、幸せとは程遠かった」

『な……』

「おまえなんか生まなきゃよかったって当たり散らされたことしか思い出せないから、結婚とか、子供を持つとか、俺には異次元の話みたいに感じてたよ」

生まれて初めて、律は本音を淡々と母親に告げた。

心は静かだった。言ってすっきりしたわけでもなければ、なんということを言ってしまったのだという焦りもない。ただ身体の芯に、すっと一本軸が通ったような感覚があった。

電話の向こうが静寂に包まれる。

傷つけてしまっただろうか？

ひどいことを言ってしまったと思う。生んでくれたこと、育ててくれたことには、恩を感じている。母親は母親なりに、苦労があったのだ。それもわかっている。

通話が終了したのかと思うほどの長い沈黙のあと、再び母親のヒステリックな声が響いてきた。

『あなたの恋愛観が歪んだのは私のせいだって言うの？　不幸な結婚生活を見せつけられたトラウマだって？』

「…………」

『人のせいにしないでよ！　じゃあ親が不仲だったり離婚したりした家の子供は、みんな同性愛者になったり、子供を持たない人生を歩んでいるとでもいうの？　全然そんなことないじゃない！　とんだ責任転嫁だわ』

憤ろしげに怒鳴り散らす母親の声に、律は思わず笑ってしまった。

その通りだ。選択の権利はずっと自分の中にあったのに、どうして今までがんじがらめになっていたのだろう。

『なにがおかしいのよ！』

母親の声はさらに甲高くなる。

「おかしくなんかないよ。ありがとう、母さん」

『……は？』

突然礼を言われて戸惑ったのか、母親がわけがわからないというふうに声を裏返す。

「ごめん、そろそろ仕事に戻らなきゃならないから、切るね」

『律？』

「ありがとう」

もう一度礼を言って、律は通話を終わらせた。結局手をつけなかった弁当をトートバッグにしまい、席を立つ。

店に戻る前にATMコーナーに立ち寄った。口座の残高を確認し、次の給料日まで生活できるぎりぎりの額を残して、あとはすべて母親に送金した。

薄皮が一枚剝けたような清々しさを感じながら、律は午後の仕事に誠心誠意取り組んだ。

今日は早番の日だったので、仕事を終えた時間でも、モールの採光天井はまだ明るさをたたえていた。

夕刻のモール内には、浴衣姿《ゆかたすがた》の若い女性の姿がちらほらあった。今夜はモールの近くの川辺で花火大会が催されるため、モールの駐車場が花火の見物客に開放されている。ここで腹ごしらえをして、花火を観に出かけるのだろう。

集まってくる人々とは逆に、律は外へと向かう。エアコンの効いた建物の中で丸一日を過ごした身体は、屋外のなまあたたかい空気にほっとする。

駐車場は、帰る車と集まってくる車とで、ちょっとした渋滞状態だったが、半屋外の自転車売り場のあたりまで来ると、ひとけも少なく静かだった。自販機の横の壁にもたれて、律はスマホを取り出し、倫太朗の名前をタップした。

本当は家に帰って、静かなところで、きちんと気持ちを整理してから電話をするべきだと思ったが、今すぐ倫太朗の声が聞きたかったし、賑《にぎ》やかな場所の方が緊張しない気がした。

それでも、呼び出しのコールを聞いている間は、緊張で鼓動に合わせて指先が震えた。

三コールほどで、倫太朗が出た。

『もしもし？』

ひと声聞いただけで、恋しさと切なさが湧き上がり、胸がそわそわとなった。

「こんにちは。お仕事中でしたか？」

『大丈夫だよ』

ひそやかな沈黙が立ち込める。

どう切り出そうかと律は一瞬悩む。

不意のことだったとはいえ、この間の自分の態度はずいぶん失礼だったと思う。自分中心に世界が回っているのは誰でも同じだと思うけれど、その度合いがすぎていた。ただただパニック状態になってしまい、自分のことで手いっぱいで、倫太朗がどんな気持ちかなんて、想像する余裕がなかった。

自分より年上で、律とは違って自信を持つ材料には事欠かない倫太朗だけれど、アクションを起こす側はきっと思い切りや勇気が必要だったはずだ。なのに律は、拒絶ともとれる曖昧《あいまい》な言葉を残して、逃げ出してしまった。

倫太朗の声の向こうから、かすかにラジオの音が聞こえてくる。

「運転中ですか？」

『うん』

「すみません。話したいことがあるので、あとでかけ直します」

『ハンズフリーだから平気だよ。それに、渋滞でまったく動いてない。律くんの方は仕事は?』

「今日は早番で、今終わったところです」

倫太朗の声音が明るくなる。

『もしかして、まだ近くにいる? 実は今、きみの仕事先のモールの駐車場なんだけど』

「え?」

思わぬ偶然にびっくりする。

『ケンが、ここで友達と夕飯を食べて、花火を観に行くっていうから送ってきたんだ。駐車場、ずいぶん混んでるね。今、シネマ出口の横のA3っていうエリアにいるんだけど、来られる?』

「すぐに行きます」

A3は律のいるところからだと建物の真裏になる。モールの中を突っ切って反対側に通り抜け、夕暮れの渋滞列の中を探すと、すぐに倫太朗の車が見つかった。

律が駆け寄ると、倫太朗が内側から助手席のドアを開けてくれた。

「まさか今日会えるなんて思わなかったよ」

そう言って微笑む倫太朗の表情はいつも通り穏やかで、律の胸を甘酸《あまず》っぱく震えさせる。

「俺もです」

動かない密室で隣り合って座ると、またひどく緊張してきた。

「先生は、花火には行かないんですか？」

「ケンは先約があるし、一緒に行く相手もいない」

おどけた感じに言って、探るような視線を律に送ってくる。

「話したいことがあるって言ってたけど、この間の件かな」

律は小さく頷いた。

「いい話？　悪い話？」

そう訊かれて、律は戸惑う。この間、ごまかして逃げてきてしまった自分の気持ちを、倫太朗に伝えるつもりでいた。だから「悪い話」ではないと思いたい。でも、自分の告白が相手にとっての「いい話」であると言い切れるほどの自信家とは程遠い。

律の逡巡をどうとったのか、倫太朗はハンドルから片手を離して、冗談めいたしぐさで耳を覆った。

「その反応は悪い話っぽいから、聞きたくないな」

「いえ、あの、悪い話では……いや、どうだろう。いい話か悪い話かは先生のお気持ち次第かなって」

律のしどろもどろな説明に、倫太朗は表情を緩めた。

「焦《じ》らしプレイ？　僕は手玉にとられて弄《もてあそ》ばれてるのかな」

「違います！　俺はただ、先生のことが好きだって伝えたくて……」

ついストレートに口にしてしまい、律は「あ」と焦って手のひらで口を押さえた。

倫太朗は、軽く目を見開いて、律の方を見た。

「それは、作家としてっていう意味？」

先日の律の言い訳を蒸し返してくる。律は火照った顔をうつむけて、首を振った。

「いいえ。もちろん、作家として大ファンですけど、それだけじゃなくて……恋、だと思います」

警備員の誘導灯に従って、車の列が少しずつ前に進む。車の揺れと一緒に、恋という言葉が胸の中でゆらゆら揺れる。

倫太朗の顔に、打ち上げ花火のような笑みが広がる。

「ものすごくいい話じゃないか。さっきの焦らしプレイはなんだったんだよ」

「すみません。だけど、先生は俺みたいな重い感じじゃなくて、もう少し軽い感覚で、その、あいうことをしてくださったのかもしれないって思って。だとしたら、俺の気持ちの重さは、いい話って言っていいのかどうか、少し悩みました」

「もしかして、ケンが言ってた『手当たり次第に食い散らかす猛獣』を信じてる？」

「手当たり次第とかじゃなくて……。でも、恋愛経験皆無の俺とは違って、人生経験豊富なんだろうなとは」

倫太朗は、少し困ったような笑みを浮かべる。

「これが初恋だなんてきれいごとは言わないけど、少なくともきみが想像しているような遊び人ではないつもりだよ」

倫太朗はハンドルから左手を外して、律の方に差し出してきた。

「脈」

「え？」

「結構速いと思うよ」

律は倫太朗の手首にそっと指先を触れさせた。

「……走ったあとみたい」

「でしょう？」

「でも、自分の指先の脈のような気もします」

律自身、ひどくドキドキしている自覚がある。駆け足の脈拍が自分のものなのか倫太朗のものなのかよくわからなくなってしまう。

「だったらこれならどう？」

倫太朗の手が、律の手をぎゅっと握りしめてきて、律の脈拍はさらに上昇する。

「普段はあまり手汗とか、かかない方なんだけど」

そういう倫太朗の手のひらは、確かにうっすらと汗ばんでいた。

「軽い感覚だなんて言われるのは心外だよ。こんなに緊張したり高揚したりすることって滅多にないのに」

「……先生が俺なんかに緊張するんですか？」

「きみだからだよ。この間、我慢できずに思わずがっついたキスをしちゃって、きみを不快にさせたんじゃないかと、気が気じゃなかった」

「そんな……」

「連絡するのも誘うのも、いつも僕から一方的だったから、さっき、きみから電話をもらったときには、どきっとしたよ。いい連絡なのか悪い連絡なのかわからなくて」

ぎゅっと手を握られて、律は壊れそうな心臓に酸素を送り込みながら、ありったけの勇気を総動員して、倫太朗の手をそろりと握り返した。

「……片想いじゃなかったことにもびっくりしたし、キ……キスであんなふうに身体中に火がついたみたいになるなんて思っていなかったから、気が動転してしまって……」

倫太朗も気を揉んでくれていたのだと思うと、嬉しいやら申し訳ないやらで、律はぎくしゃくと本音を打ち明けた。

「あの……すごく嬉しいです」

「僕も」

握りしめた手に、倫太朗が官能的に指を絡めてくる。親指の腹で手のひらをなぞられると、キスされたときと同じようなぞくぞくした感覚がこみあげてくる。

車内に濃密な空気が張りつめかけたとき、急に車列がスムーズに動き始めた。

倫太朗はふっと笑い「タイミング悪いな」と繋いだ指を名残惜《なごりお》しげにほどいて、ハンドルに戻した。

律も同じ気持ちだった。

ひとたび駐車場から国道に出ると、多少の渋滞はあるものの、車は暮れかけた通りをそれなりに走った。

夕飯を食べて帰ろうと倫太朗が言ってくれたが、国道沿いの飲食店の駐車場は、店内から花火を観ようという客でどこもいっぱいだった。

結局、家でピザでも取ろうという話になり、倫太朗の家へと向かう。

居間に通されると、倫太朗はしげしげと律を見て微笑んだ。

「いつも思っていたけど、その制服、律くんによく似合うね」

アパートに直帰するつもりだったので、律は職場の制服のままだった。シックな和室と、自分のコスプレめいた服装の違和感に、律もはにかみ笑いを浮かべる。

せめてきっちりとしめたネクタイだけでもほどこうと、結び目に指をかけると、倫太郎の大きな手がのびてきて、律の動きを制するように押さえる。

「それ、僕がほどいてもいいかな」

「え……?」

倫太郎にネクタイをほどかれるところを想像したら、一気に顔が熱くなった。

間近に見つめてくる倫太郎にも、頰が赤くなっているのが見えているだろう。律はばつが悪くなって自分から白状した。

「すみません、自意識過剰な想像をしてしまって……」

倫太朗は笑って、律の手を押さえていた手を頰に移動させてきた。

「自意識過剰なんかじゃないよ。きみの想像通りのことを、したいと思ってる」

慈しむように頰に触れ、親指の先で律の唇をなぞってくる。

距離の近さに緊張して、ぎゅっと目を閉じると、やさしく唇を塞がれた。

ただただ動転していたこの間のキスと違って、これはちゃんと恋人のキスなのだと思うと、身体が甘くとろけそうになった。

「…………」

舌先で歯列をなぞられ、食いしばっていた歯を緩めると、倫太朗の舌がそっと侵入してきた。律もぎこちなく舌を差し出すと、くちづけは深くなる。

「ん……」

律にはセックスの経験がないけれど、深いキスは律が想像するセックスと同じくらい、あるいはもっと淫靡《いんび》で官能的だった。

無垢な身体は唇の刺激で反応してしまい、それが怖くて恥ずかしくて、律は倫太朗の胸に腕を突っ張った。

「……律くん？」

「……俺……ごめんなさい……」

「どうしたの？」

倫太朗は、律の真意を探るように、視線をすくいあげてくる。

思わず拒むようなしぐさをしてしまったけれど、嫌がっているわけではないことは倫太朗に伝わっていると思う。抱かれて密着した下半身の変化は、絶対に気付かれている。

人と親しい交わりを避けてきたせいで、立ち入った話をするのが律はとても苦手だった。それでも、生まれて初めて好きになった人との、始まったばかりの関係を、誤解や失敗で終わらせたくなくて、自分の今の気持ちや状態を伝える言葉を一生懸命探す。

「あの……こういうことに慣れてなくて……」

「うん」

倫太朗は穏やかに相槌《あいづち》をうちながら、律の頭やうなじを落ち着かせるように撫でてくれる。

「キ……キスで、……キスだけでおかしくなりそうなのが、恥ずかしくて……」

倫太朗は、律の頭をぎゅっと自分の胸に抱き寄せた。

「きみは本当にかわいいね」

たまらないという声音で言われて、律は壊れそうな心臓を手のひらで押さえながら、どうしていいのかわからなくなる。

かわいいというのが、物慣れないとか初心《うぶ》とかいう意味なら、半分は伝わっている。でも律にとってはただの含羞《がんしゅう》ではなくて……。

「怖がらせるようなことばかりしてしまって、申し訳ない。ゆっくり大事にするから、そんなに怯《おび》えないで。今日はもうなにもしないよ。仕事終わりでお腹《なか》も空いたよね。とりあえずピザを取って、夕食にしよう」

律のレベルに合わせてくれようとする倫太朗の思いやりは嬉しくて、でも律は焦ってしまう。

同じ二十代でも、若くして世に出て家族を遠くから支えてきた倫太朗と、母親との関係性に悩み大人になりきれずにいる律とでは、経験値や精神年齢に雲泥の差がある。

倫太朗に自分のレベルまで降りてきてもらうのではなく、自分が倫太朗のレベルに近付きたくて、律は抱擁《ほうよう》をほどこうとする倫太朗にぎゅっとしがみついた。

「……ゆっくりじゃなくていいです。こんな俺でもよかったら、今すぐ……」

理性と、感情と、身体と。全部がバラバラになって律を苛《さいな》む。

身体中がきゅうきゅう痛むほど倫太朗のことが好きで、何が何だかわからないけれど今すぐこの先を知りたいと本能がせがむ。

でも、そういう行為をグロテスクに感じてしまうトラウマもあり、戸惑いや恥ずかしさもあり、自分が倫太朗と愛し合うに値する人間なのかという自信のなさもあった。

ぐるぐる考えてしまうと、制服の内側で変な汗が出てきて、律はどうしていいかわからなくて泣きそうになった。

額にあたたかい息がかかる。倫太朗がそっと唇を押し当ててきた。

「気持ちだけじゃなくて身体も、今すぐもらっていいの？」

低く甘い声に、背筋が震える。

恋愛にも、それに付随《ふずい》する諸々にも、淡白すぎるほど淡白だと思っていた自分が、倫太朗の声やスキンシップで一瞬で火だるまみたいな状態になってしまうことに動揺する。

「あの、ぜんぜん……俺、ぜんぜんこういう経験がなくて、つまらなすぎて先生をがっかりさせるかもしれませんけど……」

倫太朗は咎《とが》めるようにごつんと額をぶつけてきた。

「心配の方向性が間違ってる。むしろ、僕の歯止めが利《き》かなくなる心配をした方がいいよ」

倫太朗の指が、律のネクタイの結び目にかかる。律は酸欠の金魚のように、口をパクパクさせた。

「シ……シャワーを、お借りしてもいいですか。俺、汗かいてて……」

「じゃあ、一緒にお風呂に入ろうか」

倫太朗が予想外の提案をしてきた。

「え……」

「さっき健児が出かける前に風呂に入ったから、お湯を張ったままになってるはずだ」

答えあぐねていると、倫太朗に手を引かれ、風呂場へと連れていかれた。

「着替えを取ってくるから、先に入ってて」

律を脱衣所に残し、倫太朗はいったん出ていった。

どうしよう、と律はおろおろする。

でも、ここでためらっているうちに倫太朗が戻ってきて、目の前で服を脱ぐはめになったら、もっとばつが悪い。

倫太朗の足音が引き返してくる前に、律は急いで服を脱ぎ、風呂場に入った。今風のユニットバスとは違って、広々とした浴室だった。床はモザイクのようなタイル張りで、檜《ひのき》の湯船は律の部屋のコンパクトな浴槽の倍はありそうだ。

手早く身体を流して、深い湯船に顎《あご》まで浸《つ》かると、倫太朗が脱衣所に戻ってきたのがすりガラス越しに見えた。律はドキドキして湯船の中で失神するのではないかと思った。

入り口に背を向け、壁に向かって膝を抱えていると、倫太朗が入ってきた。シャワーで身体を流してから、律の隣に入ってくる。水位が上がって、湯船から洗い場にお湯が溢れ出した。

「……お風呂、広いですね」

どんな顔をすればいいのか、何を話せばいいのかわからなくて、律はお湯の中で抱えた膝頭に視線を落としてぼそっと言った。

「そうだね。初めて一人暮らしをしたとき、アパートの風呂の狭さに衝撃を受けた記憶がある」

倫太朗が笑い混じりの穏やかな声で応じてくれる。

いくら広めとはいっても、男二人で入るのに十二分とまではいかず、油断すると肩が触れ合ってしまう。そのたび律はそっと身体を離した。

「緊張してる？」

倫太朗がストレートに訊ねてくる。

咄嗟《とっさ》に「いいえ！」とかぶりを振ってみせたものの、少し考えてから、律は「……はい」と小さく頷き直した。

「……あの、こんな話、不快だったらすみません」

律は意を決して、自分の中でわだかまっている出来事を口にした。

「子供の頃、両親の、その、……そういう行為を覗き見してしまったことがあるんです」

倫太朗が何か言おうとして、言葉に詰まるのがわかった。律はぼそぼそと続けた。

「その頃、両親の関係はもう破綻していて、憎しみ合って罵り合って、子供の目にも修復不可能だってわかってました。なのに、そんなことをするっていうのが理解できなくて……。うまく言えないんですけど、俺にとって、そういう行為は、理性とは真逆の、本能むきだしの、グロテスクなことだっていう刷り込みが、ずっとありました」

「そんなことがあれば、誰でもそうなると思うよ」

倫太朗が同情のこもった声で呟いた。

裸で、一緒にお風呂に入って、こんな話をするのはものすごく恥ずかしかった。それでも、正直な自分を倫太朗に伝えたくて、律は一生懸命言葉を探した。

「恋愛とか、その先のこととか、自分とは無関係な世界だと思っていました。あえて距離を置いていたのもあると思います。……でも、先生のことを好きになって……」

鼓動が転がるように速くなって、声が上擦る。のぼせそうになりながら、律はたどたどしく続けた。

「先生にキスされたら、それだけで身体が変なふうになって……そんな反応をする自分の身体がすごくグロテスクに思えて……」

「律くん……」

「うまく言えなくてすみません……。俺、今すごく幸せなんです。だけど、恋っていうきれいな感情と、グロテスクなトラウマがごっちゃになって、ちょっと混乱してます……」

倫太朗は横目で律を見つめてきた。

「僕が怖い？」

律は「いいえ」と即答した。

「怖いのは、どうなっちゃうかわからない自分自身なんだと思います。……それと、そんな俺を見て、子供の頃に俺が抱いたみたいな嫌悪感を、先生が俺に感じたらどうしようっていう、それこそトラウマみたいな怖さがあって」

お湯の撥《は》ねる音がして、倫太朗に肩を抱き寄せられた。

「僕は一応、言葉で表現することを生業《なりわい》にしているけれど、多分こういうのって、いくら言葉を尽くしても、払拭《ふっしょく》してあげられない不安なんだと思う」

倫太朗の手が、やさしく愛撫するように、律の肩から首を往き来する。

「だから、きみの身体と心に、直接レクチャーしてもいいかな」

律の返事を待たずに、倫太朗は唇を重ねてきた。やさしく身体を撫でさすられながらくちづけられると、律の身体は再び素直に興奮を催してくる。

恥ずかしくてお湯の中で隠そうとすると、倫太朗の大きな手が律の手をかいくぐって、そこにそっと触れてくる。

「ん……っ」

律はビクビクと身体を跳ねさせた。倫太朗に触られていると思うと、ひどく感じてしまう。それが恥ずかしくて、本能のままに興奮していく自分が、どうしても醜悪な生き物のように思えてしまう。

「や……」

キスのあわいに律が戸惑いの喘《あえ》ぎを漏らすと、倫太朗は慈しむように律のものを手の中であやす。

「律くんが感じてくれると、すごく嬉しい」

官能を帯びた声でやさしく囁《ささや》かれ、律はせりあがってくる快感に震えながら、湯船のふちにすがりついた。

「あ……待って、お湯を汚しちゃうから……」

「大丈夫だよ。我慢しないで」

「ダメです、汚い……から……」

自慰も滅多にしない律にとって、自分のもので人の手を汚すのはハードルが高い。ましてや、人の家の湯船の中で。

顔や首筋に官能を高めるキスを浴びせながら、倫太朗は律をやさしく追い上げる手を止めずに、訊ねてくる。

「自分のものを、汚いって思ってるの?」

「……だって、そうだし……」

トラウマになっている映像が、脳裏で明滅する。肉欲は汚いという問答無用の刷り込みが、律を苛む。

禁忌の心とは裏腹に、恋する相手の手ほどきで、身体はどんどん高揚してしまう。

怖くなって、逃げるように湯船から立ち上がると、そのまま壁を背にするように湯船のふちに座らせられた。

「愛し合うことは、少しも汚くなんてないよ」

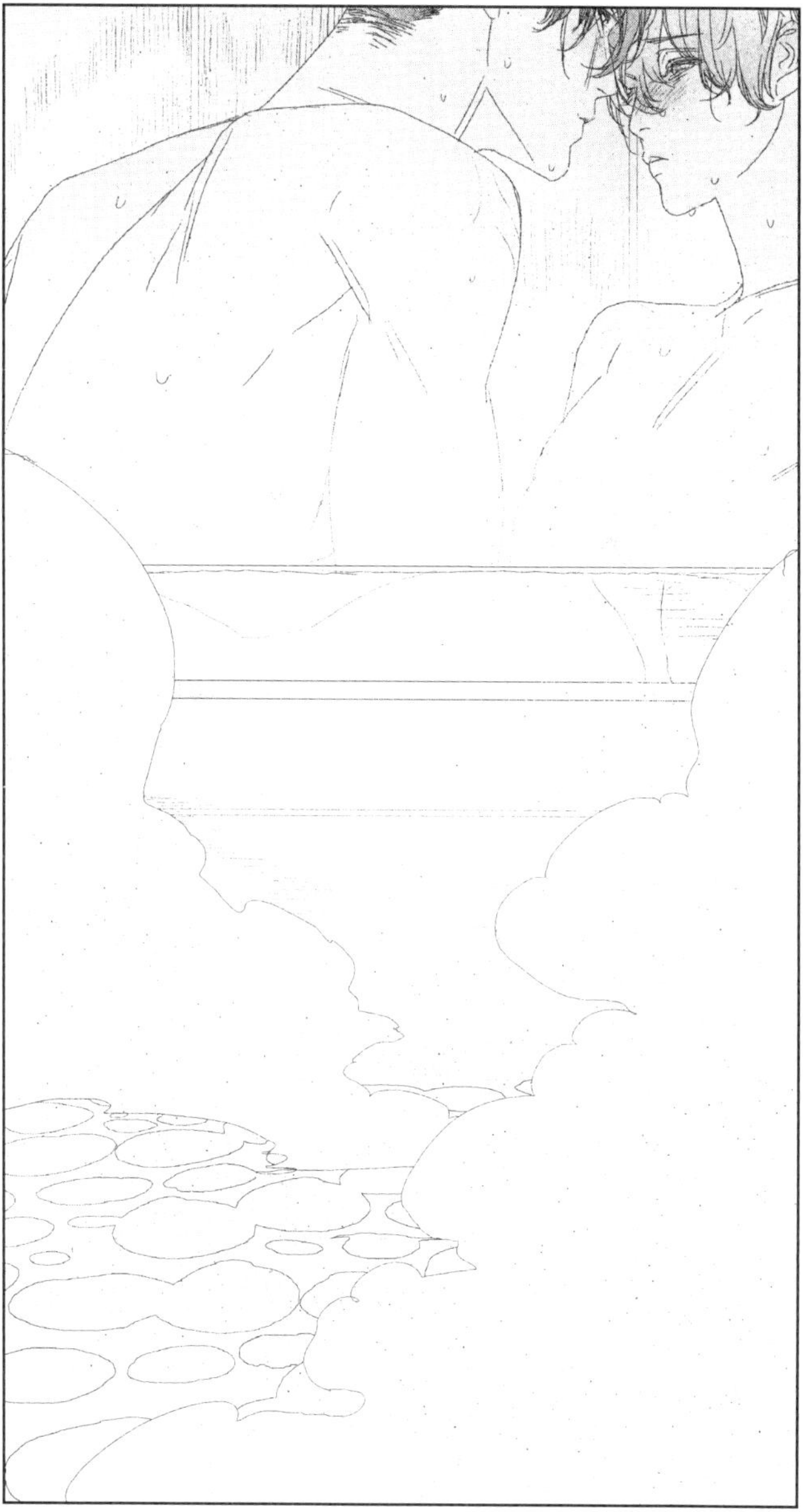

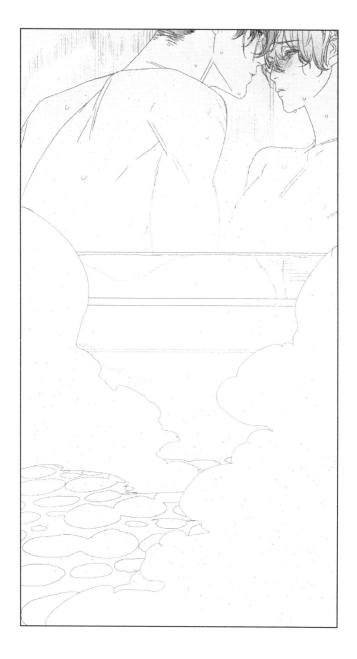

やさしくそう言って、倫太朗の手が律の膝を割る。

「え……や、ダメっ」

なにをされるのか悟って、逃げようとするが、タイルの冷たい壁が、律の身動きを阻《はば》む。

倫太朗は律の興奮の先端にキスすると、そのまま自らの口腔《こうこう》に律を引き込んだ。

「やぁ……っ！」

経験の浅い律には、ひとたまりもなかった。生暖かい口腔で施される愛撫と、耳を打つ湿った音、目に飛び込んでくる刺激的な光景。あらゆる感覚を刺激されて、痙攣《けいれん》を起こしたように腰が震え、倫太朗の口の中であっけなく達してしまう。

「あ、あ……っ」

自分では止められない腰の律動が収まるまで、倫太朗は律を口の中であやし、念入りに清めてくれた。

衝撃と恥ずかしさで涙目になっていると、倫太朗は包み込むような瞳で律を見あげてきた。

「初めてなのに、いきなりごめんね。でも、汚くないってわかってもらえたかな」

律は半泣きで首を横に振る。好きな人の口の中で射精するなんて、恥ずかしいしショックだし醜いと思ってしまう。

律の顔を見て、倫太朗はちょっと困った様子になる。

「ショック療法が、ただのショックで終わってしまったら、身も蓋《ふた》もないんだけど……。きみにこんなことをした僕は、グロテスクで気持ち悪い？」

律は洟《はな》を啜《すす》りながら「……悪くないです」とはっきり言った。

すごく恥ずかしかったけれど、倫太朗がためらいもなくそんな行為をしてくれたことに、愛されていると実感したのは事実だった。

倫太朗はほっとした表情をする。

「顔、真っ赤だね。のぼせそうだから、あがろうか」

腰が抜けたようになっている律は、倫太朗に腕をとられて、風呂の外に連れ出された。子供みたいに身体を拭《ふ》かれ、倫太朗の部屋に連れていかれる。

大きな書き物机とベッドが置かれた倫太朗の部屋も和室だった。

半ば放心状態でベッドに座らされた律は、ふと、倫太朗のものが兆していることに気付いて、慌てて視線を逸らした。

倫太朗が、律の動揺を察して、隣に腰をおろしながら苦笑いを浮かべる。

「きみをいかせただけで興奮しているなんて、ひいた？」

律はぶんぶんと首を振った。

「……嬉しいです」

蚊の鳴くような声で、本心を呟く。

倫太朗が自分に興奮してくれるのは素直に嬉しかった。

「僕もきみと同じだってわかる？　きみが感じてくれると嬉しい。どんなきみでも愛おしいって思うよ」

倫太朗は真摯《しんし》な目で律を見つめ、少しはにかんだようにそう言った。

自分が倫太朗に抱いているのと同じ気持ちを、倫太朗も自分に抱いてくれているという。

自己肯定できずに生きてきたこれまでの人生が、一瞬でリセットされるわけもないが、倫太朗が心から言ってくれているのは伝わってきた。

自分がグロテスクだと思い込むのは、そう言ってくれる倫太朗をも否定することになるのではないかと、律は思った。

生まれ変わるのは無理でも、生き直すことはきっと何度でもできるはず。

倫太朗との新しい人生を、ちゃんと、自分で選んで、歩いていきたい。

「俺も……先生の全部が大好きです」

見つめ返して伝えると、倫太朗は嬉しげに微笑んだ。

「ありがとう。すごい破壊力だな。心臓に穴が開いたかも」

倫太朗はやさしく律をベッドに押し倒した。

今までなんとなく視線をはぐらかして直視しないようにしていたが、こうして下から見上げると、視界全部に倫太朗の身体が飛び込んでくる。

「先生、アスリートみたいです」

思いのほかがっしりと筋肉がのった上半身に、目が釘付けになる。

倫太朗は明るい笑い声をたてた。

「まさか。でも作家って、意外とスタミナが必要な職業なんだよ。最低限のボディメンテナンスはしておかないとね」

倫太朗との対比で、律はいまさらながら自分の貧相な身体が恥ずかしくなった。

「こんな日がくるってわかってたら、モールのジムに通っておけばよかったです」

照れをはぐらかす意味もあって、冗談めかして言うと、倫太朗の手が、律の薄い胸板にそっと触れてきた。

「必要ないよ。今のままのきみが好きだ」

「あ……っ」

無造作に触れられただけなのに、湯船で一度火をつけられた身体はとても敏感になっていて、変な声が出てしまった。

思わず口を押さえると、倫太朗が微笑みながらじっと見つめてくる。

「かわいいね、敏感で。ここ、気持ちいい？」

手のひらで律の身体を探る。

「あ……」

「きみのいいところを、教えて？」

色っぽく問われて、また顔が火照ってくる。

「……わかりません。なにもかも初めてで……」

倫太朗は律の鼻の頭にキスを落として、こみあげてくる笑いをこらえるような顔をした。

「すみません。いい歳をして、自分でも恥ずかしいんですけど……」

不慣れなことを笑われたのだと思って、赤面しながらぼそぼそと言い訳をすると、倫太朗は
「違うよ」と強く否定した。

「前時代的な人間だと思われたくないんだけど、きみに初めて触れるのが僕だっていうことが嬉しすぎて、つい顔に出た」

照れくさそうに言って、倫太朗は律の顔じゅうにキスの雨を降らせる。

「じゃあ、僕に、きみのいいところを探させて。隅から隅までくまなくね」

器用な指先が、本当に隅々まで律の身体を触っていく。鎖骨や、みぞおちや、脇腹、胸の小さな突起。普段一切なにも感じないような場所が、倫太朗に触れられるとどこも鋭敏になって、な

んと表現したらいいのかわからない感覚に襲われる。いちばん近いのはくすぐったいという感じだけれど、それよりももっとざわざわするような、腰がよじれるような感覚だった。

「あっ……」

「本当に敏感だね」

「……だって、先生に触られてると思うと、それだけでなんだか……」

沸騰する直前のお湯みたいに、身体の奥底から何かがブクブク湧き上がってくる。律は官能に目を潤ませて倫太朗を見あげた。

「嬉しいことを言ってくれるね」

「どうしよう、また……」

一度興奮を吐き出した場所が、またたく間に芯を持ち始めて、恥ずかしくて自分が怖くなる。

律の慄《おのの》きを察した様子で、倫太朗はあやすようにやさしく言った。

「大丈夫。全部僕にゆだねて」

普段は存在も忘れている胸の突端が、虫にでも刺されたみたいに赤くぷっくりと立ち上がり、そこにくちづけられると、腰が跳ねあがるほど感じてしまう。

「やっ、そこ……」

「見つけた。きみのいいところ」

「あぁ……」

片側を唇で、もう片方を指先でいじられると、変な声が出てしまう。下半身がうずうずして、つい膝をすり合わせて身悶《みもだ》えしたくなるが、倫太朗の身体で両膝を割られているせいで、図らずも下半身を倫太朗に擦りつけるような動きになってしまう。

察した倫太朗の手が下半身にのびてきて、興奮に指を這わせる。

「ふ……ぁ……」

自分の知らないスイッチが入って、自分でも動きや声を抑制できない。

ドン、と外から腹に響く音が聞こえてくる。花火が始まったようだ。

立て続けに響く雷鳴のような音に連動して、律の身体も高まっていく。

律がこぼした潤いをまとった指先は、やがてもっと後ろの奥の方へとのびていく。

火のついた身体はどこもかしこも敏感になっていて、奥の狭間《はざま》を指先で往復されると、もどかしいざわめきが身体中を這いまわる。

倫太朗が、やさしい、けれど官能で熱を帯びた目で見おろしてくる。

「ここで繋がれるって、知ってる?」

知識としてはうっすらと知っている。でも経験として知るはずもなく、律は身悶えながら、肯定とも否定ともつかず、熱に潤んだ瞳で倫太朗を見つめ返した。

「……ぁ」

「怖い？」

「怖く……ない……」

「強がり？」

「……違います」

倫太朗はじっと律を見つめて、低く湿った声で言った。

「きみの全部を、僕がもらってもいい？」

その声だけで、身体の奥がざわざわとうねった。

顔が熱くて、自分の体温で火傷《やけど》しそうになりながら、律はこくこくと何度も頷いてみせた。

「あ……っ」

入り口を探っていた指先がグッと中に押し入ってくる。

味わったことのない違和感に腰が引けそうになる。

「痛かった？」

「……平気……」

「ゆっくりするから、律くんはこっちに集中してて」

倫太朗は片手で律の興奮をやさしく高めながら、もう片方の手でそっと律の奥をほぐしていった。

「ぁ……」

ぞくぞくする快感に気を取られているうちに、指の侵入が少しずつ深くなる。

飴《あめ》と鞭《むち》のように交互に加えられていた刺激が、少しずつ時間をかけて、飴と飴に変わっていく。

自分の身体の奥に、快楽を生み出す場所が潜んでいたことを、やさしく辛抱強い倫太朗の指に教えられる。

二度目の絶頂を迎え、なおもじっくりと時間をかけて後ろをほぐされ、喘ぎすぎて声が掠《かす》れ始《はじ》めた頃、律を深く穿《うが》っていた三本の指がゆっくりと抜き取られた。

「ん……っ」

その感覚に身を震わせていると、今度は大きく膝を割られ、倫太朗の漲《みなぎ》りをあてがわれる。

苦しさを感じたのは、最初の一瞬だけだった。

「あぁ……！」

中を穿たれると、なにも考えられなくなり、意識が飛びそうになる。

痛みや苦しさなら、我慢できる辛抱強さを持っている。けれど律が感じたのは、神経に直《じか》に触られるような、激しい絶頂感だった。

「やっ……ダメ……あ、あ……」

「……苦しい？」

きつさをこらえる声で、倫太朗が耳元で訊ねてくる。その声と吐息の振動にさえ感じてしまい、今、倫太朗と繋がっているのだと思ったら、たまらなかった。

「……違くて……どうしよう、俺、おかしい……あぁ……っ」

壊れた蛇口のように、昂《たかぶ》りは絶頂を訴えて、だらだらと体液を溢れさせる。

倫太朗につぶさに見られていると思うと、羞恥《しゅうち》と動揺でパニックを起こしそうになる。

「や、見ないで……俺……」

こんなあられもない姿。倫太朗に嫌悪感を持たれたらどうしよう。

自分の視界を閉ざせば、なかったことにできる気がして、ぎゅうっと目を閉じ、きつく唇を噛んだ。

「ダメだよ。ほら、血が出てる」

倫太朗が律の頬に手を添え、親指の腹で食いしばった唇をそっと撫でる。

「力を抜いて」

「……無理、あ、あっ……」

倫太朗を飲み込んだ中が勝手に収縮して、勝手に快感を拾いあげていく。自分が本当に獣になったような気がしてしまう。

「あ……んぁ……」

「ゆっくり息をして」

「ふ……ぁ……」

「目を開けて、僕を見て」

倫太朗の声に導かれ、律は涙の滲んだ目をゆっくり開いた。

倫太朗の瞳は、甘く官能を宿し、愛情深く律を見おろしている。

そのとろける視線にまた煽《あお》られて、律は身をよじる。

「や……」

「痛い？　どこかつらい？」

「……感じすぎて……怖い……」

見おろしてくる倫太朗は目を細め、感に堪えないという表情をする。

「……っ、きみは本当に、かわいいね」

「やっ、かわ……くない、俺、へん……」

「変じゃないよ。きれいだよ」

「……そんなわけ……ない……」

「感じてる律くんは、すごくきれいだよ。律くんが気持ちいいと、僕もすごくいい」

「……本当に？」

「本当だよ。だって、愛し合っているんだから」

愛し合うという言葉は、律の心をとろけるような多幸感で満たした。

「……先生、好き……好きです、好き……」

「ありがとう。僕の方こそ、律くんが大好きだよ」

倫太朗は身体をのめらせて律の額にキスをした。その動作で結合が深くなって、律はもっと感じてしまう。

「あ、ふ……ぁ……」

もうどこが絶頂かわからない場所に放り出されて、びくびくと背をのけぞらせると、倫太朗も律の中で息を詰め、身を震わせた。

倫太朗が自分の中で達していると思ったら、脳がエクスタシーを覚え、半泣きの喘ぎ声をあげて律は一瞬意識を飛ばした。


朦朧《もうろう》としていたのは、多分、ほんの数分だと思う。

はっきりと我に返ったときには、まだ身体が汗で湿っていて、下半身にバスタオルがかけられていた。

「大丈夫？」

下着だけ身につけ、スポーツドリンクのペットボトルを持った倫太朗が、心配そうに律の顔を覗き込んでいる。

初めてなのに、意識が飛ぶほど感じてしまった自分が恥ずかしくなって、律は視線を泳がせた。

「……大丈夫です。今日はお昼を食べてなくて、それでふらっときただけです」

恥ずかしいのをごまかすためにしどろもどろに言い訳すると、倫太朗はさらに申し訳なさそうな表情になった。

「そうだったのか。それなのに無理させちゃってごめん」

下手な言い訳をしたせいで、倫太朗に余計な心配をかけてしまったことに焦り、律は慌ててかぶりを振った。

「違います。あの……本当は感じすぎて、意識が飛びました……」

正直に白状したら、それはそれで非常に恥ずかしくなり、律は倫太朗の視線から逃れるように反対向きに寝返りを打ち、ベッドに顔を押しつけた。

「それは男冥利《おとこみょうり》に尽きるな」

倫太朗が嬉しそうな声で言う。

「でも、その体勢は目の毒だよ」

バスタオルが滑り落ちて、倫太朗に向けて尻をむきだしにしていたことに気付き、律は慌てて飛び起きた。

目が合うと、またもっと恥ずかしくなって、もう一度意識を喪失したくなる。

「飲んで」

倫太朗は律の背中を支えて、スポーツドリンクを飲ませてくれた。

思った以上に喉が渇いていて、一気に半分ほど飲んでしまう。

ふうと一息つくと、倫太朗が情事の甘やかな空気の続きのように、髪にキスしてくれた。

ひどく幸せで、でもことの最中と同じくらい恥ずかしくて、律はうつむいた。

そのときふと、花火の音が聞こえなくなっていることに気付いた。

律は慌ててバスタオルを手繰《たぐ》り寄《よ》せた。

「どうしよう。こんな状況で健児くんが帰ってきたら、きっとショックを受けちゃう……」

「ケンは今夜、友達の家に泊まりだから」

「そうなんですか」

ひとまずほっとしたものの、健児の留守中にこんなことになってしまって、申し訳なさを感じた。

「健児にも、ちゃんと話すよ」

律の表情を見て、倫太朗が安心させるような笑顔で言った。

「……はい」

それは当然だと思う。健児に内緒のままなんてありえない。でも、事実を伝えたら、健児を不快にさせたり、傷つけたりしてしまうかもしれない。律のことを嫌いになってしまうかもしれない。

倫太朗は律の逡巡を読み取ったようで、やさしく肩を撫でてくれる。

「勝手に話したりしないよ。ちゃんときみの気持ちが落ち着いてから、許可を得て伝えるから」

「……ありがとうございます」

「とりあえず、身体が大丈夫そうなら、シャワーを浴びておいで。僕は夕飯の手配をしておくから」

「……はい」

立ち上がろうとした律を、倫太朗の手が押しとどめる。

「その前に、ひとつだけいいかな」

「なんでしょう?」

「順番が違ってしまったけれど」

倫太朗は真面目な顔で、律の方に向き直った。

「僕の恋人になってくれるかな？」

改めて面と向かって言われると、気恥ずかしさと、感激と、いろいろな感情が入り交じって、すぐには言葉が出てこなかった。

律が口をパクパクさせていると、倫太朗は人差し指を立てて、律の唇に押し当ててきた。

「ごめん。疑問形にしてしまったけど、ノーという選択肢はないから。既成事実も作らせてもらったしね」

倫太朗は律の左手を摑むと、指の付け根に唇をつけてきた。さっきまでの官能的なキスとは違う、どこか神聖な雰囲気のくちづけだった。

「絶対に幸せにする。いつもきみがにこにこしていられるような彼氏になるよ」

真摯な瞳でそう言ってから、倫太朗はううっと唸《うな》って、額を押さえた。

「小説で恋愛シーンを書くときには、『幸せにする』なんて陳腐で傲慢《ごうまん》で手垢《てあか》のついた言葉は絶対に使わないようにしているのに、現実の僕は語彙力《ごいりょく》皆無だな」

「そんな……」

「ましてや、こんな冴えない姿で。かっこ悪いにもほどがある」

律はかぶりを振った。

「そんなふうに言ってもらえて夢みたいに嬉しいし、先生は下着姿でも素敵です」

倫太朗は「それはありがとう」と笑う。

その笑顔を見つめながら、律は積年のコンプレックスやトラウマについて考えた。

もう、なにかの理由や言い訳をそこに見出そうとするのはやめよう。

始まったばかりの関係を、純粋に自分の気持ちと努力で、大切にしていきたいから。

「俺も、先生が幸せで、いつもにこにこしていられるように、頑張ります」

律は心をこめて伝えた。

倫太朗はやさしく抱きしめてくれた。

「頑張らなくても、きみはそこにいるだけで、僕を幸せにしてくれるし、にこにこさせてくれる」

「先生……」

「にこにこを通り過ぎて、今はニヤニヤしてるかもしれないけど」

軽くキスされると、さっき限界を超えて麻痺したとばかり思っていた官能のスイッチが、再び入りそうになる。

「まずい。このままだと、またきみを貪り食ってしまいそうだけど、今度は僕じゃなくてきみが何かを食べないとね」

倫太朗がそう言って場の空気を変えなかったら、律はまたぐずぐずになっていたに違いない。

……それはそれで嫌じゃないかも、と思ってしまった自分に、律は一人でこっそり赤くなった。

8

健児《けんじ》が倫太朗《りんたろう》に連れられて『MEGANEYA《メガネ屋》』にメガネを作りに来たのは、その二日後の夕方だった。

健児の右手首は包帯でぐるぐる巻きになっていた。

「どうしたの、健児くん」

驚いて訊ねると、ばつが悪そうな健児の代わりに、倫太朗が「捻挫《ねんざ》」と説明してくれた。

「花火大会の日に、土手で転んだらしい。近視のくせに、面倒がってメガネを作ろうとしないから」

「うるさい。保護者面で勝手にべらべらしゃべるな」

ふくれっ面の健児に、倫太朗が苦笑する。

「保護者面っていうか、保護者そのものなんだけど」

微笑ましい兄弟喧嘩《きょうだいげんか》の最中、倫太朗のスマホが鳴りだした。

「あ、ごめんね」

倫太朗は律《りつ》に一言詫《わ》びて、通話に応じながら店の外の通路に出た。ベンチに腰掛けて、なにかメモをとりながらやりとりを始める。

「仕事の打ち合わせなんて、家でやれっつの」

健児が口を尖《とが》らせる。

「俺一人で来られるって言ってるのに、無理やり車で送ってきてさ」

平日で、店は比較的すいていた。律は健児を検眼スペースに案内した。

「先生は健児くんのことが心配なんだよ。利き手《きて》を捻挫だなんて、大変だったね」

健児はそのときのことを思い出したのか、重いため息をつく。

「最悪。友達の前で、めっちゃかっこ悪いところ見せた」

「そういうことにならないためにも、ちゃんとメガネをかけようね」

検査器具の顎《あご》乗《の》せ台《だい》をアルコール消毒している間も、倫太朗の電話は続いている。律の視線を追うように通路の方に目をやった健児は、なにか企んでいるような笑みを浮かべて律に視線を戻した。

「兄貴がついてきたのは、別に俺のためじゃないと思う」

「そんなことないって。先生は健児くんのことをいつも気にしているし、気遣ってるよ」

「まあ、多少は俺のためでもあるかもしれないけど」

渋々認めるという顔で言う。

「多少じゃないから」

「……じゃあ、半分は俺のためってことでもいい。でも、もう半分は、りっくんに会いたいからだよ」

「え？」

ドキリとして、思わず声が裏返る。

健児は秘密めかすように、顔を近づけて小声で囁《ささや》いてきた。

「りっくんの身の安全のために言っておくけど、あの人、絶対りっくんに気がある」

「あ、あの、健児くん……」

「俺さ、前に兄貴のこと猛獣とか言ったけど、実はああ見えて結構真面目で一途だから。好かれると、猛獣以上にたち悪いよ。りっくん、兄貴のファンじゃん？　俺、りっくんのこと好きだから忠告しておくけど、ほだされて、うっかり食われたりしないように気をつけた方がいいよ」

平静を保とうとしたが無理だった。みるみる顔が赤くなっていくのが自分でもわかる。

律の顔色の変化に、健児が眉を顰《ひそ》めた。

「まさかもう食われちゃったの？」

「ええと……その……」

「あいつ……」

健児が物騒な舌打ちをして席を立つ。カウンターの前でフィッティングをしていた八代《やしろ》が、なにごとかと視線を送ってくる。

律は慌てて健児を小声で宥《なだ》めた。

「違うんだ、健児くん。とりあえず座って」

このままでは、倫太朗が加害者のようになってしまう。

健児にはいつか伝えるべきことだし、倫太朗も律の心の準備ができたら話すつもりだと言っていた。

律は意を決して、緊張しながら言った。

「健児くん、ごめんね。俺、先生のことを好きになっちゃったんだ」

健児は一瞬何を言われたのかわからないというふうに目をすがめて、それからパッと目を見開く。

「うそ！　……マジで？」

律は小さく頷いてみせた。

「それで、その、偶然にも先生も同じ気持ちだと言ってくれて……」

「偶然っていうか、兄貴の下心は見え見えだったけどな」

健児は通路で電話をしている兄の方を見て、鼻にしわを寄せた。

倫太朗の意思は確認ずみとはいえ、本人不在のまま健児に打ち明けていることを、心の中で倫太朗に詫びながら、律は健児に向き直って続けた。

「大切なお兄さんと、俺なんかがつきあっているのは、健児くんにとっては不愉快なことかもしれないけど……」

「ちょっ、やめて」

「うん、そうだよね。そんなの誰でもやめてって思うだろうけど、俺は本気で先生のことが……」

「そこじゃねえし！　やめてほしいのは、その変な気遣いの方だから。キモいブラコンみたいな表現やめて」

「あ……ごめん」

恐縮する律を困ったように眺めやり、健児ははぁっとため息をついて、少し笑った。

「まあでも、兄貴が犯罪者にならなくてよかった。それにさ、兄貴の恋人って、俺から見たらなんか微妙な立ち位置で、どんな顔してつきあったらいいかわかんないじゃん？　けど、りっくんならよかった。ちょっと安心した」

健児が思いがけないおおらかさで受け入れてくれたので、律は仕事中だというのに不覚にも涙ぐみそうになる。

「先生のことは別にしても、俺、健児くんが大好きだから、そんなふうに言ってもらえると、ものすごく嬉しい」

「え、泣いてんの？」

「泣いてないよ」

「うそ、泣いてるじゃん。目、うるうるしてるよ」

健児が、手のひらで律の頬をごしごしこすってくる。そこに倫太朗が戻ってきた。

二人の様子を見て、剣呑な表情になる。

「ケン？　なんで律くんを泣かせてるんだよ」

「いえ、泣いてないですから」

「俺じゃねえし。元凶は兄貴だろ？」

「元凶？」

「このおすましスケベ」

健児がしれっと倫太朗の足を踏みつける。不意を食らった倫太朗が「イテテ」と声をあげる。

先ほどからの騒ぎを不審に思った様子で、八代が近寄ってきた。

「お客様、うちのスタッフになにか不手際がございましたか？」

倫太朗はすっと紳士らしい笑みを浮かべる。

「すみません。こちらの横室《よこむろ》くんの身内なもので、つい盛り上がってしまって」

身内などと思いがけない表現をされて、律の胸はきゅうっと甘くよじれた。

「そうでしたか。失礼いたしました。どうぞごゆっくり」

八代は安心したように営業スマイルを浮かべて離れていった。

「ほら、ケン。お店でふざけたら迷惑になるから。おとなしく計測してもらいなさい」

「兄貴が邪魔しに来たんだろっ」

小競り合いの間にまたスマホが鳴りだし、倫太朗は肩を竦《すく》めて再び店の外に出ていく。

「だから仕事は家でやれよな」

ぶつぶつ言う健児を改めて検眼スペースに案内して、今度はスタッフとしてしっかりと計測する。

近視のみの加工で、すいていることもあり、三十分ほどで手渡しできることを伝えて、待合スペースのソファに健児を案内した。

じきに倫太朗が戻ってきて、健児と並んで座ってなにか話し始めた。また小競り合いを始めないかと気になって、加工の手を止め、ちらりと様子を窺《うかが》うと、倫太朗が律の視線に気付き、笑顔で小さく手を振ってきた。律はドキドキしながら微笑み返し、そわそわと作業に意識を戻す。

加工を終えたメガネを最終フィッティングし、会計をすませると、二人を店の外まで見送りに出た。

通路に面した陳列台で、メガネを次々手に取っていた女子高生の二人連れが、健児を見て目を丸くした。

「あれ、西《にし》くん、メガネ男子？」

「なんか新鮮！　偏差値十くらいあがって見えるよ」

「うっせーよ」

どうやら同級生らしく、三人で軽口を叩き合っている。

その様子に微笑ましげな視線を送ったあと、倫太朗は律に向き直った。

「今日はどうもありがとう」

「いえ、こちらこそお買い上げいただき、ありがとうございます。なにか不具合などございましたら、いつでもお持ちくださいね」

スタッフとして心をこめて伝えると、倫太朗は意味深な笑みを浮かべた。

「うん。メガネのこともだけど、ケンに、僕との関係を報告してくれたんだってね」

どうやらさっきソファでその話をしていたようだ。

律は先走ったことを詫びた。

「すみません、勝手に。健児くん、薄々感付いていたようだったので、変にごまかしたりするのはいけないことだと思って……」

「僕も、きみさえOKならすぐにでも話そうと思ってたんだ。なにより、律くんから言ってくれたことが嬉しいよ。きみの性格を考えると、やっぱりあれはなかったことにって言われるんじゃないかとちょっと心配してたんだ」

さすがに後ろ向きな性格を見抜かれているようだ。

倫太朗にやさしい目で見つめられると、花火大会の晩の出来事が思い出されて、身体も心もくすぐったくなる。

倫太朗と結ばれた、夢のような夜。

「……正直、俺でいいのかなって、今でも思っているんですけど、いつか、俺でいいんだって胸を張って言えるように努力します」

誰かのせいとか、誰かのおかげとかじゃなくて、自分でちゃんと、幸せを実現できる人間になりたいと思う。

倫太朗は包み込むような笑みを浮かべる。

「今のままのきみで充分だよ。でも、前向きにいろいろ考えてくれていることは、すごく嬉しい。

そうだ、僕の身内に報告したんだから、今度はきみのお母さんにもきちんと話をしないとね」

倫太朗の提案に、律は眉尻を下げた。

「……母は、勝手になにか察してるみたいです」

倫太朗は目をしばたたいた。

「そうなのか。一度お目にかかっただけなのに、女の人の直感ってすごいね。なにかおっしゃってた？」

聞くに耐えない母親の言葉を、倫太朗に伝える気にはなれない。

倫太朗は、律の表情と沈黙から事情を汲《く》み取《と》ったらしく、いたわるような視線を向けてきた。

「きみを一人で矢面に立たせてしまって、申し訳ない」

「とんでもないです」

自分のことを自分で処理するのはあたりまえなのに、それを申し訳なく思ってくれる人がいるなんて、なんだか不思議だ。

「大丈夫？」

律が母親に対して抱いている葛藤を知っている倫太朗は、心配そうに訊ねてくれる。

「大丈夫です」

律は笑顔できっぱりと言った。

昨日、送金を確認した母親から電話があった。

『最低でも八万はないと足りないって言ったでしょう』

礼ではなく、苦情。いつも通りの母親の反応に、律は落ち込むよりも笑ってしまった。

『それが、今月送れるいっぱいいっぱいだから。それで無理なら旅行は諦《あきら》めて』

『残りは、あの裕福そうな彼氏に頼んでくれたらいいじゃない』

この間、異常な趣味だなんだと、散々暴言を吐いたというのに。

母親の性格は、多分一生直らないだろう。

律は静かに返した。

『母さんが困ったときには、いつでも手助けしたいと思ってる。でも、今回の件に関しては、これ以上のことはできない』

母親はまたひとしきり悪態をついてきたが、律が態度を変えずにいると、根負けした様子で電話を切った。

状況は何も変わっていない。母親との関係は、きっと一生このままだろう。

それでも、律の気持ちの中では、なにかが大きく変化していた。支配されていた心が、解放されたような感覚だった。

探るようにじっと律を見つめていた倫太朗は、やさしい目で微笑んだ。

「きみは一人じゃない。これからはなんでも僕に相談してほしい。二人で一緒に考えよう」

「先生……」

幸せが心にひたひたと押し寄せ、感無量で呼びかけると、倫太朗は苦笑した。

「ねえ、その『先生』っていうのは、そろそろやめようよ。普通に名前で呼んでほしいな」

「なら、倫太朗」

ズバッと言ったのは、律ではなくて、いつの間にか女友達と別れて律の隣に戻ってきていた健児だった。

倫太朗は不服そうな顔になる。

「……ケンに言ったんじゃないよ」

健児は茶化すように鼻を鳴らす。

「なんでもいいけど、りっくんが困ってるだろ。そういうイチャコラは、プライベートな時間にやれよ」

「確かにそうだな。名残惜《なごりお》しいけど、続きはまた今度にしよう。次の休みは二人でどこかに出かけないか？」

「ずりい。俺もついていく」

「ケンは学校がある日だろう」

「独占なんかさせねえし。りっくん、休みの日はうちに来て、またクッキー作ってよ」

幸せな言い争いに、律の胸はじんわりとしたあたたかさに満たされる。

仕事で「ありがとう」と言われることが、唯一の生きがいだったけれど、人生はもっと豊かなものかもしれないと、ようやく気付き始める。

まだなにもかも始まったばかりで、先のことなどわからないけれど、誰かを幸せにするために、そして自分が幸せであるためにする努力は、きっとこの世でいちばん幸せなことに違いないと、律は思った。

POSTSCRIPT

KEI TSUKIMURA

こんにちは。お元気でお過ごしですか。

二〇一九年一冊目の本、お手に取ってくださってありがとうございます。

今回は、地方の街のショッピングモールを舞台にしたお話になりました。

我が家の近くにも、巨大なショッピングモールがあって、週三ペースで通っています。お買い物はもちろん、仕事をしたり（この本の校正もモールのカフェでしました）郵便や宅配便を発送したり（この本のゲラも……以下同文）、映画を観たり、友達とランチをしたり、役場の窓口もあるし、雨の日はモール内をウォーキングもできるしと、だいたいなんでもできてしまう素敵な場所。田舎ゆえ、出かけるところが乏しいと言えばそれまでですが、ものぐさな私にとって、一か所ですべて事足りるのはとてもありがたいです。

　そんなお気に入りの場所が舞台ということで、大変楽しく書かせていただきました。

　ただ、モールネタでいろいろと考えていたことがあったのに、あまり織り込めなかったのが、少々心残りです。

　心残りといえば、主人公・律の趣味に関してもあれこれ書きたかったのですが、ページ配分の関係で設定倒れに終わってしまったのも心残りです。

　機会があったら、モールの小話と、律の手仕事の腕前などを、健児の恋模様と絡めて書かせていただけたら嬉しいなぁなどと、密かな野望を抱いております。

今作では憧れのｙｏｃｏ先生にイラストをご担当いただけて、舞い上がっております。私の垢抜けない作風に、もったいないほど美しく雰囲気のあるイラストをいただき、夢心地です。

ｙｏｃｏ先生、お忙しい中、本当にありがとうございます！

今回もひっそりと地味めなお話ですが、読んでくださった皆様に、一行でも、一文でも、お楽しみいただけるところがあったら嬉しいです。

ではでは、またお目にかかれますように。

甘くて切ない

SHY NOVELS353

月村 奎 著

KEI TSUKIMURA

ファンレターの宛先
〒101-0065 東京都千代田区西神田3-3-9大洋ビル3F
(株)大洋図書 SHY NOVELS編集部
「月村 奎先生」「yoco先生」係
皆様のお便りをお待ちしております。

初版第一刷2019年2月5日

発行者	山田章博
発行所	株式会社大洋図書
	〒101-0065 東京都千代田区西神田3-3-9大洋ビル
	電話 03-3263-2424(代表)
	〒101-0065 東京都千代田区西神田3-3-9大洋ビル3F
	電話 03-3556-1352(編集)
イラスト	yoco
デザイン	円と球
カラー印刷	大日本印刷株式会社
本文印刷	株式会社暁印刷
製本	株式会社暁印刷

ISBN978-4-8130-1321-1